스페셜 원

가장 특별한 감독

스페셜 원: 가장 특별한 감독 1口

스틸펜 장편소설

초판 1쇄 찍은 날 § 2020년 6월 15일
초판 1쇄 펴낸 날 § 2020년 6월 22일

지은이 § 스틸펜
펴낸이 § 서경석

총괄팀장 § 노종아
편집책임 § 박현성
디자인 § 소소연

펴낸곳 § 도서출판 청어람
등록번호 § 제387-1999-000006호
등록일자 § 1999. 5. 31
어람번호 § 제1-3059호

주소 § 경기도 부천시 부일로 483번길 40 서경B/D 3F (우) 14640
전화 § 032-656-4452 팩스 § 032-656-4453
http://www.chungeoram.com
E-mail § chungeorambook@daum.net

ⓒ 스틸펜, 2019

ISBN 979-11-04-92203-9 04810
ISBN 979-11-04-92074-5 (세트)

스페셜 원

가장 특별한 감독

10

스틸펜 장편소설

FUSION FANTASTIC STORY

청어람

스페셜 원

가장 특별한 감독

CONTENTS

59 ROUND
결단

데니스는 감정 기복이 극심한 녀석이었다.

훈련을 받다가도 갑자기 사라지는 일이 있는가 하면, 어느 날은 또 기분에 따라 대인배가 되었다.

그중 하나.

훈련장에서 도망쳤던 날의 일화였다.

잘 달리다가도 갑자기 사라져서, 다음 날에야 복귀한 사건은 유명했으니까.

당시 맨유의 감독은 매우 화가 났지만, 다음 경기에서 해트 트릭을 터뜨린 데니스를 보며 쓴웃음을 지은 일화는 지금까지 회자될 정도다.

적어도 그 위험성을 감수할 만한 재능.

사람들이 생각하는 데니스는 그런 녀석이다.

「[BBC] 원지석은 '문제아'를 길들일 수 있을까?」

원지석이 잉글랜드의 새로운 감독으로 부임하며 가장 많은 관심을 받은 것 또한 데니스와의 관계였다.

이 사고뭉치.

아니, 독극물 같은 녀석을 어떻게 다루느냐.

"10월이 지나면, 앞으로 세 번인가."

선수들이 훈련하는 모습을 보며 원지석이 중얼거렸다.

11월, 3월, 그리고 5월.

앞으로 남은 A매치 기간을 뜻했다.

가급적이면 올해 안에 뼈대를 맞춰야 하는 이유가 여기에 있었다. 3월부터는 팀을 다져야 할 시기니까.

만약 11월까지 별다른 사고를 치지 않는다면.

원지석은 데니스를 다음 유로까지 안고 갈 생각이었다.

"음?"

그때 원지석의 눈이 이채를 띠었다.

두 팀으로 나뉘어서 미니 게임을 하던 중, 때마침 데니스가 존 모건에게 막히며 힘겨워하는 모습이 보였다.

"허접 새끼가."

멋지게 개인기를 하려던 녀석은 자신의 플레이가 막히자 수치스럽다는 듯 얼굴을 붉혔다.

눈앞의 녀석이 어떤지는 이미 리그에서 상대해 봤기에 잘 알고 있다.

강등권 팀, 혹은 하위권 팀에서 자신에게 골을 먹힐 때나 나오는 들러리 같은 수비수.

'짜증 나게.'

슬쩍 고개를 돌리자 다른 사람들의 시선이 느껴졌다.

자신의 하이라이트 영상이나 빛낼 장식품에게 쪽팔림을 당하다니.

퍽 자존심이 상했다.

"한심한 새끼."

"좆 까."

함께 팀을 맞춘 이안이 조롱하듯 비꼬자 데니스가 침을 퇘뱉었다.

이후에도 데니스와 존 모건은 계속해서 부딪쳤다.

아니, 치욕을 만회하려는 것처럼 일부러 그쪽을 노리고 있는 걸지도 몰랐다.

"하여간 성격 한번 더럽네."

케빈의 중얼거림에 원지석이 동의한다는 듯 한숨을 쉬었다.

경멸감일까. 그걸 왜 국가대표 동료에게 보이는 건지는 모르겠다만.

삐익!

훈련이 끝나고.

원지석은 음료병을 들고선 존 모건에게 다가갔다.

"존!"

"감독님."

"어때, 할 만한가?"

목을 한번 축이고선 퉤 뱉은 존 모건이 쓴웃음을 지었다. 그역시 데니스의 눈빛에서 무언가를 느낀 듯싶었다.

"저야 뭐, 익숙하죠."

한 팀에 익숙해지다가도 정착하지 못하고 떠나는 게 저니맨의 인생이었으니까.

존에겐 국가대표팀 역시.

잠깐 머무를 둥지에 불과했다.

물론 그는 자신의 부평초 같은 삶을 싫어하지 않았다. 덕분에 새로운 곳에서 적응하는 능력은 스스로 자부심을 가질 정도였고, 이렇게 존경하던 감독의 지도를 받게 되지 않았는가.

"끈질긴 게 제 장점이니까요."

"난 잡초 같은 녀석을 좋아하거든."

존 모건의 등을 두드린 원지석이 걸음을 옮겼다. 다행히도 멘탈적으로 걱정할 필요는 없어 보였다.

'다음 경기는.'

원지석은 며칠 뒤에 상대할 팀을 떠올렸다.

아르헨티나.

여러모로 잉글랜드와 비슷했던 그들을.

남미를 넘어 세계적인 강팀으로 꼽혔던 아르헨티나지만, 황금 세대의 은퇴 이후엔 부진과 함께 골짜기 세대라 불렸다는 것도.

그리고 지금은.

긴 부진을 지나.

다시 한번 강팀으로서의 명성을 되찾은 그들을 상대하게 된 것이다.

"진다면 난리가 나겠군."

독일만큼이나 사이가 좋지 않은 잉글랜드와 아르헨티나였으니까.

단순히 역사만이 아니라, 축구적으로도 수많은 사건이 있던 만큼 매우 치열한 경기가 될 터다.

                    *   *   *

며칠간의 훈련이 끝나고.

마침내 경기 당일이 되었다.

오늘 경기는 잉글랜드의 홈인 웸블리가 아닌, 맨유의 홈인 올드 트래포트에서 치러지게 되었다.

'다음 유로를 위해 겸사겸사 준비하는 거지.'

안경을 벗은 원지석이 눈가를 한번 쓸면서 생각에 잠겼다.

잉글랜드에서 열리는 대회인 만큼, 잉글랜드의 많은 경기장을 쓰게 될 거다.

그 구장을 홈으로 쓰는 선수라면 몰라도.

보통은 원정을 떠나는 경우가 많기에, 지금이라도 조금씩 익숙해지라는 뜻이었다.

"사람 많네."

케빈이 창문 밖으로 보이는 사람들을 보며 휘파람을 불었다. 슬슬 경기가 시작할 시간이라 그런지, 경기장에 입장하기 위해 북적이고 있었다.

그러한 인파 자체는 익숙했지만.

한 가지 다른 점이 있다면.

맨유의 붉은 유니폼이 아닌, 삼 사자 군단의 흰색 유니폼이라는 거였다.

"색다른 광경이네요."

"그러게."

이게 국가대표팀.

지금만큼은 붉은색, 푸른색의 유니폼이 아닌.

모두가 흰색의 유니폼을 입는다.

비록 지난 덴마크전에선 실망스러운 패배를 당했지만, 시간이 시간인 만큼 안정된 모습을 보여준다면 팬들도 고개를 끄덕일 것이다.

더군다나 오늘은 국민들의 자존심이 걸린 라이벌 경기 중 하나였다.

안경을 다시 쓴 원지석이 라커 룸을 향해 걸었다.

─여기는 맨체스터 유나이티드의 홈구장이자, 오늘은 잉글랜드 대표 팀의 홈인 올드 트래포트입니다!

―양 팀의 선수들이 입장하고 있군요!

카메라가 데니스의 모습을 잡았다.

맨유 선수인 그로서는 이곳에 그를 응원하는 팬들이 많을 테고, 그렇기에 기분이 좋은 모양이었다.

"원!"

"이렇게 다시 만나니 기쁘군."

원지석은 아르헨티나 선수들이나 코치들과 반갑게 인사를 나누었다. 모두 그와 함께 일하거나, 적으로서 마주했던 사람들이다.

감독 생활을 오래했다는 건, 그만큼 제법 아는 얼굴들이 생겼다는 거니까.

―잉글랜드의 라인업부터 살펴보죠.

―수비진엔 이번에 새로 얼굴을 비친 선수들이 눈에 띕니다.

―센터백으로는 존 모건, 그리고 오른쪽 풀백에는 윌킨스가 있네요.

―둘은 오늘이 첫 국가대표 선발입니다.

카메라에 잡힌 윌킨스가 크게 숨을 내쉬었다.

드디어.

이 유니폼을 입고 경기에 뛸 수 있게 되었다.

매우 들뜬 마음에 자기만 그런가 싶어 존 모건을 바라보니,

그는 별다른 내색을 하지 않았다.

"안 떨려요?"

"떨리지. 그래도."

존 모건이 어깨를 으쓱이며 답했다.

"앞으로는 익숙해져야 하니까."

"하하!"

마음에 든다는 듯 윌킨스가 웃음을 터뜨렸다. 때마침 오늘 상대는 앙숙인 아르헨티나였다.

국민들의 관심이 쏠린 이 경기야말로.

자신의 이름을 각인시킬 기회일지 몰랐다.

―이어서 중앙에는 리암을 핵심으로, 최전방에 데니스와 이안을 놓았습니다.

―442 전술이군요?

최전방의 투톱에 파괴력을 실어주고, 나머지 윙어들은 활발히 움직이며 공격과 수비에 활발히 가담하는 역할을 맡았다.

반대로.

아르헨티나는 공격적인 4231 전술을 꺼냈다.

―마라도나나 메시 같은 슈퍼 플레이어는 없지만, 그럼에도 꽤나 역동적인 아르헨티나입니다.

―팀으로서 다져진 모습은 메시가 이끌던 때보다 나을지도 모

르겠네요.

양 팀의 선수들이 악수를 나눈 뒤 자리를 잡았고.
잠시 후.
삐이익!
경기 시작을 알리는 휘슬이 울렸다.
선축은 아르헨티나의 몫이었다. 그들은 시작부터 라인을 올리며 공격적인 전개를 시작했고, 잉글랜드의 수비 라인을 계속해서 압박했다.

─꽤나 매끄러운 공격 전개입니다!
─잉글랜드의 미드필더들이 바쁘게 움직이는군요!

이미 그런 것쯤은 예상하고 있었다는 듯 잉글랜드 역시 발빠른 대처에 나섰다.
측면에서 안쪽으로 압박을 하고, 그걸 중앙에서 끊어낸다.
공을 잡은 녀석은 리암이었다.
"색깔은, 보이지 않지만!"
무슨 색이 있다는 건지.
앤디의 조언을 떠올린 리암이 이를 악물며 전방으로 패스를 찔렀다.
쾅!
낮으면서도 강한 스루패스가 아르헨티나 미드필더진 사이를 뚫었고, 그 공을 향해 뛰어가는 선수가 있었다.

　―데니스! 데니스가 공을 받습니다!
　―드리블로 한 명! 두 명을!

오늘따라 기분이 좋은 데니스가 화려한 스킬로 아르헨티나의 수비진을 돌파하기 시작했다. 프리미어리그에서 손에 꼽히는 윙어이자, 드리블러라는 별명이 어울리는 돌파.
올드 트래포트의 검은 화살.
그 별명답게.
아무래도 이 장소가 주는 특별함에 매료가 된 듯싶었지만, 문제는 그 뒤였다.
"야! 패스!"
"거치적거리지 말고 꺼져!"
이안의 외침을 무시한 데니스가 다시 한번 몸을 접으려는 순간, 아르헨티나의 풀백에게 공을 뺏긴 것이다.

　―아! 이게 뭔가요!
　―어이없게 공을 헌납하는 데니스!

순간적으로 올드 트래포트에 침묵이 돌았다.
그 침묵 속에서.
화가 난 원지석이 소리쳤다.

"이런 미친 새끼가, 대체 뭐 하는 거야!"

데니스는 머쓱한 얼굴로 손을 들었다.

한 번의 실수이니 봐달라는 제스처에 가까웠다.

하지만 말만 그럴 뿐, 딱히 달라지지 않은 데니스였다.

전반 28분쯤.

아르헨티나는 계속해서 공격적인 자세를 취했지만, 생각보다 쉽지만은 않았다.

무엇보다 사람들이 반신반의했던 존 모건이 예상 밖의 활약을 보여준 게 컸다.

―끝까지 따라가는 존 모건! 아주 끈질겨요!

―오늘 경기가 끝나고 그의 이름을 모를 사람은 없을 거 같군요!

특유의 끈질김과 활동량을 바탕으로 존 모건이 공을 끊어내고, 오른쪽 풀백인 윌킨스가 위협적인 오버래핑을 시작했다.

공격만큼은 리그에서도 괜찮은 풀백이었기에 그는 계속해서 앞으로 나아갔다.

"나한테 넘겨!"

그때 반대쪽에서 소리치는 녀석이 있었다.

데니스였다.

위치가 워낙 좋았기에 윌킨스는 자기도 모르게 고개를 끄덕였고, 톡 띄워진 크로스가 반대쪽을 향했다.

"좋아!"

환상적인 터치로 공을 흘려낸 데니스가 곧바로 수비수 한 명을 따돌렸다. 감탄이 나올 움직임이었다.

―다시 한번 데니스에게! 데니스가 페널티에어리어까지 침투합니다!

―이안이 반대쪽으로 돌파하며 공간이 생겼어요!

이번에도 역습의 선봉장이 된 건 데니스였다.

그리고 반대편에선.

또다시 빈공간을 침투한 이안이 손을 든 상황.

'너에게 공을 주느니 그냥 백패스를 하고 말지.'

자신의 패스로 골을 넣고 기뻐할 이안을 생각하니 기분이 더러워졌다. 애초에 녀석에게 패스를 할 생각 따위 없던 것이다.

'한 번 더.'

드디어 마지막 센터백마저 제친 데니스는.

턴 동작을 하며 뒤를 돌아본 그대로, 뒤꿈치 슛을 날렸다.

―데니스으으!

―아, 어?

크게 고함을 지르려던 중계진이 얼빠진 소리를 내뱉었다.

어이없게도, 공은 골대가 아닌, 바깥으로 멀리 구르는 중이 었으니까.

—이게 뭔가요! 데니스의 어이없는 힐킥!
—들어갔으면 참 멋있었을 텐데, 황당한 장면이 나왔습니다!

그리고 동시에 잉글랜드 벤치는 선수교체를 알렸다.
의외의 결정이었는지 모두가 한 선수를 보았다.
"뭐야? 왜?"
가뜩이나 기분이 좋지 않았던 데니스는 자신에게 쏠리는 시선에 얼굴을 구겼다. 그러고선 부심이 든 번호를 확인하자 눈을 크게 떴다.
아웃 되는 사람은.
바로 자신이었으니까.
"나와."
원지석의 가라앉은 눈빛과.
분노한 데니스의 눈이 허공에서 얽혔다.
감독으로서 주는 첫 번째 경고였다.

*   *   *

—교체로 아웃 되는 선수는, 데니스! 데니스군요!
—정말 자신이 맞냐고 되묻지만, 네, 그가 맞습니다.

황당한 얼굴로 자신의 가슴을 두들기던 데니스가 이윽고 벤치를 향해 눈을 부릅떴다.

마치 이게 무슨 짓이냐고.

제정신이냐고 묻는 것만 같았다.

"빨리 나와, 인마."

원지석은 그런 시선을 무심하게 넘겼다. 저런 애송이가 노려보는 걸로 겁을 먹기엔, 지금까지 쌓아온 경험이 그리 물렁하지 않았으니까.

아웃 되는 데니스를 보며 올드 트래포트가 술렁였다.

금방 있었던 실수는 분명 눈살이 찌푸려졌지만, 설마 핵심으로 평가받는 선수를 이렇게 빼버리다니.

그런 관중들의 시선을 느끼며.

데니스의 얼굴은 점점 굳어져만 갔다.

"시발!"

터치라인을 넘어선 녀석이 근처에 있던 물병을 걷어차며 욕지거릴 내뱉었다.

그러고선 벤치가 아닌 터널로 빠졌는데, 유리문을 박살 내는 모습이 카메라에 잡혔다.

─아… 보기 좋은 모습은 아닌데요.

─팔에 상처가 난 거 같아요.

─크게 다치지 않았어야 할 텐데요.

유리 조각에 베인 건지 붉은 피가 팔뚝을 타고 흘렀다.

화면을 확인한 잉글랜드의 팀닥터들이 곧바로 그 뒤를 따랐지만, 사납게 뿌리치는 모습을 마지막으로 데니스는 사라졌다.

─경기는 계속 진행됩니다.

원지석은 데니스를 대신해 활동량이 많은 미드필더를 투입시켰다.

두 명의 공격수 중 하나가 빠지고선.

다섯 명의 미드필더를 둔 451 포메이션.

최전방에는 이안을 꼭짓점으로 세워두며 공격을 개편했고, 교체로 들어간 미드필더는 이안의 압박을 줄여주는 데 힘을 보탰다.

"뭐 하는 거야! 이안이 고립되고 있잖아!"

터치라인에 선 원지석은 쉬지 않고 소리를 지르며 선수들의 위치를 조정했다.

이제 겨우 두 번 모인 녀석들이다.

그것도 처음과는 적지 않은 변화가 있었고.

팀으로서의 모습이 매끄럽지 않은 건, 어찌 보면 당연한 일이었다.

그렇기에 감독이 바로바로 피드백을 줘야만 한다. 이어지는 아르헨티나의 역습에 아랫입술을 깨문 원지석은 선수들에게 손짓하며 복귀할 것을 지시했다.

　－또다시 몸을 던지는 수비!
　－오늘 존 모건은 몸이 부서지도록 뛰는군요! 에버튼의 감독이 노심초사하고 있을지도 모르겠어요!

　와아아아!
　날아오르듯 다리를 들어 올린 존 모건의 선방에 팬들이 함성을 질렀다.
　기대치가 낮았기 때문일까.
　늦은 나이에 포텐을 터뜨리기 시작한, 이른바 노망주라 불리는 센터백임에도.
　그 투지는 분명 다른 녀석들에게 꿇리지 않았다.
　"괜찮군."
　원지석 역시 존 모건의 퍼포먼스에 흡족한 마음을 드러냈다. 이번이 국가대표 데뷔전이라고는 믿을 수 없을 만큼의 적응력이었다.
　단순히 본인의 움직임뿐만 아니라, 함께 선 동료들에게 최대한 맞춰준다.
　봐라.
　지금도 적당히 눈치를 보고선 윌킨스에게 패스를 찔러주지 않았는가.

―윌킨스의 높은 크로스! 약간 성급했어요!

시간이 지날수록 아르헨티나는 점차 나은 경기력을 보여주며 잉글랜드를 압박했다.
중원에선 리암이 고군분투했지만.
조직력 같은 점에선 근본적인 한계가 있다.

―다시 한번 공격을 나서는 아르헨티나!
―매서운 역습입니다!

아직까지 스코어에 변화가 없는 건 잉글랜드로서는 행운에 가까웠다.
점유율에서 슈팅까지.
거의 일방적으로 두들겨 맞는 모양새에도, 끝끝내 골 망은 흔들리지 않았으니까.
'갈 길이 멀다.'
원지석은 따끔따끔한 목을 음료로 적신 뒤 손목의 시계를 확인했다.
삐이익!
주심이 경기 종료를 알리는 휘슬을 분 것도 동시였다.

―아, 결국 경기가 무승부로 끝납니다.
―여러모로 폭풍 같았던 경기네요.

아르헨티나의 슈팅을 마지막으로 오늘의 평가전은 마무리가 되었다.

스코어는 0 : 0.

전체적으로 잉글랜드가 밀렸던 모양새지만, 적어도 지난 덴마크전처럼 무기력하진 않았다는 점에서 작은 변화가 느껴졌다.

「[BBC] '늦깎이 대표 팀' 존 모건, 환상적인 밤이다」

경기는 많은 화제를 낳았다.

우선 그 아르헨티나를 상대로 좋은 수비를 보여준 존 모건을 들 수 있었다.

끝까지 무실점을 유지하는 데 지대한 공헌을 한 그는, 원지석만이 아니라 잉글랜드 국민들에게도 눈도장을 찍었을 터다.

"오늘 존 모건은 좋은 활약을 보여줬습니다. 하지만 여기에 안주하지 않고 더욱 발전해야만 합니다."

원지석은 섣부른 설레발을 자제시켰다.

물론 아르헨티나는 강팀이고, 존 모건이 데뷔전부터 좋은 활약을 보여준 것은 맞지만.

다음에 있을 경기에서 만족스럽지 못한 경기력을 보여준다면, 입지적으로 안전하다고는 하기 힘든 상황.

「[미러] 상처를 입은 데니스!」

「[메트로] SNS에서 논란이 된 교체!」

또 하나의 이슈는 이른 시간에 교체 아웃을 당한 데니스였다.

사진 속 그의 팔은 붉게 물들어 있었다.

성질을 참지 못하고 유리문에 화풀이를 하다 생긴 일이니 누구를 탓할 수는 없음에도.

어쩌면 당사자는 다른 사람을 원망하고 있을지도 모를 일이다.

상처를 입다.

그건 단순히 팔에 난 상처만을 의미하지 않았다.

자존심.

데니스라는 녀석에겐 더없이 중요한 그것을.

"상처는 어때요?"

"깊게 베이진 않아서 문제는 없습니다. 다음 경기는 무리 없이 뛸 수 있어요."

원지석은 팀닥터의 말에 고개를 끄덕였다. 유리문 사건은 일단 덮어둘 생각이었다. 그 일을 계기로 더욱 강한 선수로 돌아온다면 얼마든지 깨먹어도 좋았다.

옆에서 치즈 과자를 우걱거리던 케빈은 손에 묻은 양념을 핥으며 중얼거렸다.

"난리가 났네."

이번 경기에서 데니스를 이른 시간에 뺀 결정은 꽤나 뜨거운 논란이 되었다.

그 멘탈이 문제가 되어도.

잉글랜드에선 가장 뛰어난 재능 중 하나였으니까.

당시 올드 트래포트에 있던 누군가는 데니스가 퇴장당할 때의 모습을 사진으로 찍으며 SNS에 올리기도 했다.

논란이 있긴 했지만.

사람들은 이러한 선택을 데니스를 길들이기 위한 노림수로 보았다.

원지석은 지금까지 선수들을 조련할 때마다 심리적으로 압박하는 방법을 썼다.

라이프치히 시절의 베르너가 그랬으며.

특히 제임스나 벨미르처럼 멘탈적으로 문제가 있는 녀석들은 한계까지 몰아치는 걸 즐겼다.

'모든 선수에게 통한 건 아니지만.'

원지석은 몇몇 얼굴들을 떠올렸다. 자신을 증명하기 위해 그 분노를 경기에 쏟아낸 녀석이 있는 반면, 그러지 못한 녀석들도 있게 마련.

문제의 책임을 다른 곳에서만 찾으면서.

그 재능을 꽃피우지 못한 녀석들도 얼마든지 있었다.

"이 녀석은 어떠려나."

"글쎄요. 버티지 못할 녀석이라면 일찍 내보내는 게 낫겠죠."

다루지 못할 독이라면 흘려 버리는 수밖에.

팀의 희생이 필요한 선수라 해도 정도가 있는 법이다.

어깨를 으쓱인 원지석은 다음 경기를 준비했다.

이번 상대는 아시아 팀이었다.

카타르.

축구 인프라에 엄청난 돈을 쏟아부으며, 이제는 중동의 강호로 떠오른 팀.

"아시아 팀이라."

"우리가 상대할 때는 어땠지?"

"짜증 났지."

차례대로 킴, 앤디, 제임스의 말이었다.

무슨 말을 하는지 귀를 기울이던 녀석들은 현역 시절 상대했던 중동 팀들을 떠올렸다.

늪 축구.

경험상으로는 엄살이 심한 팀들이 많았는데, 늪과 엄살이 만나니 꽤나 짜증 나는 상황이 벌어졌다.

"동아시아 팀들과는 느낌이 많이 달랐지?"

"중동 정도면 인종이 달라지니까."

킴은 카타르의 선수들을 분석하며 어깨를 으쓱였다.

세월이 지나도 축구에서 피지컬이라는 요소가 차지하는 부분은 꽤 크다.

체격만으로 따지면 아랍인들 역시 큰 편에 속했고, 축구팀에도 이러한 점이 녹아들었다.

'신체 능력이 모든 걸 설명하진 않지.'

원지석으로서는 내키지 않았던 일정이기도 하다. 카타르에서 지불한 돈은 어마어마하지만, 그 수준의 차이가 있기 때문이다.

이겨야 본전이고.

진다면 치욕스러운 기록이 되는 데다, 선수들의 사기에도 문제가 된다.

"이번 경기는 호흡을 맞추는 데 중점을 두죠."

일단 경기에 나서는 만큼 의미 없는 시간 때우기는 사양이었다.

물끄러미 전술 보드를 보던 원지석이 손을 가져갔다. 케빈을 포함한 다른 코치들도 그 손끝을 주목했다.

이윽고 하나의 선수가 빠졌고.

거기에 적힌 이름은.

                    *   *   *

더 좋은 팀이란 평가를 받은 아르헨티나와 무승부를 거두고, 잉글랜드의 분위기는 나쁘지 않았다.

그중에는 다음 상대인 카타르쯤은 대충 뛰어도 이길 거란 녀석도 있었다.

데니스도 그런 녀석 중 하나였다.

"상처는 괜찮아?"

"이 정도야 뭐."

다른 선수의 물음에 녀석은 붕대로 감긴 팔을 흔들었다. 베인 곳이 조금 더 위였으면 위험했을 거라는 팀닥터의 핀잔이 있었지만, 결과적으로 무사하지 않은가.

붕대의 감촉을 느끼던 데니스는 쯧 하고 혀를 차며 등을 기댔다.

다시 생각해도 그때의 교체를 이해할 수 없었기 때문이다.

자신을 빼지 않았다면 적어도 한 골, 아니, 한 골이 뭐야. 적어도 두 골은 넣었겠지, 음.

그런 근거 없는 자신감과 함께 감독인 원지석을 씹던 데니스가 자신만만하게 입을 열었다.

"지금은 날 길들이겠다고 그러는데, 분명 얼마 못 가서 은근슬쩍 사과할걸?"

"그 원 감독님이? 설마."

데니스의 호언장담에 다른 선수들은 쓴웃음을 지었다. 지금까지 원지석에게 도전했다가 쫓겨난 전례가 얼마나 많았던가. 그중에는 데니스보다 더 높은 클래스로 평가받던 선수들도 있었다.

"이 새끼들이, 못 믿겠으면 내기라도 할까?"

말하는 걸 보아하니, 이미 머릿속에서는 원지석을 어떻게 거절할지 고민하는 모양이었다.

내기로 돈을 얼마나 걸지 떠들 때였다.

갑자기 들려온 노랫소리에 데니스는 눈살을 찌푸렸고, 고개를 돌리니 그곳엔 재생목록을 뒤적거리는 이안이 있었다.

"야."

"뭐."

둘은 서로를 노려보았다.

이안이 선곡한 노래는 하드한 헤비메탈이었는데, 힙합을 좋아하는 데니스로서는 굉장히 듣기 싫은 장르였다.

"그 돼지 멱따는 소리 듣기 싫으니, 당장 꺼."

"어디서 웅얼거리는 소리가 들리는데, 혹시 너는 아니지?"

둘이 서로를 보며 으르렁거렸다.

사소한 취향마저 다른 둘은, 거기에 원한이 얽히며 다투는 날이 많았다.

결국 노래 때문에 싸움이 붙으려 하는 찰나, 라커 룸의 문이 덜컥 열렸다.

"오늘 선발 명단이다!"

머리가 정수리까지 후퇴한.

선수들에게는 일명 대머리 코치라 불리는 그가 종이 한 장을 흔들었다.

그러면서 묘한 분위기를 느꼈는지 그는 서로를 마주 본 둘을 보며 고개를 갸웃거렸다.

"왜 그러고 있지?"

"아니, 별거 아닙니다."

"싸웠다간 둘 다 아웃이야."

이안의 말을 믿겠다는 듯 머리를 긁적인 그가 다시 라커 룸을 떠났다.

워낙 진지한 사람이었기에, 잔소리를 듣기 싫어 기강이 잡히는 신기한 코치 중 하나였다.

대머리 코치가 떠난 것과 동시에 선수들이 게시판을 향해 모여들었다.

과연 자신의 이름이 있을지.

혹은 누구의 이름이 빠졌을지.

라인업을 확인한 그들은, 슬쩍 뒤를 돌아보았다.

"씨발."

거기엔 하얗게 질린 데니스가 있었다.

오늘 선발 명단엔.

데니스의 이름이 빠진 것이다.

                *   *   *

"뭐? 내 이름은?"

순간의 상황을 받아들이지 못한 데니스가 다른 선수들을 밀치며 게시판에 다가섰다.

혹여 잘못 봤나 싶어 눈을 비비고, 얼굴을 가까이 가져가며 명단을 다시 확인했음에도, 데니스란 이름은 찾아볼 수 없었다.

"안됐네. 그래도 부상이니까 몸조심해야지."

어느새 다가온 이안이 이죽거리듯 속삭였다.

벤치에서 몸조리 잘하라는.

위로의 탈을 쓴 조롱이 그의 귓가를 계속해서 맴돌았다.

쿵!

게시판에 이마를 박은 데니스가 머리를 들었다. 이성을 잃은 것처럼, 그 눈은 광기로 번들거렸다.

다른 선수들이 아차 하기 전에.

녀석은 라커 룸을 박찼다.

"저 새끼 설마?"

"빨리 쫓아가!"

무심하게 어깨를 으쓱이는 이안을 지나치며 리암이 그 뒤를 쫓았다. 하지만 그 잠깐 사이에 어디로 사라졌는지, 찾았을 때는 이미 일이 터진 뒤였다.

훈련장.

정확히는 훈련을 위해 마지막 점검을 하던 원지석에게 소리치고 있었으니까.

"뭘 원하는 거야!"

미친개처럼 이를 드러내는 데니스를 보며, 원지석이 고개를 갸웃거렸다.

사실 이유를 모르진 않았다.

예상했던 것보다 반응이 뜨겁긴 했지만, 그걸 감수한 결단이었으니까.

"갑자기 무슨 소리지?"

"왜 내가, 오늘 경기에서 뛰지 못하냐고!"

"팀닥터가 말해줬을 텐데? 상처가 아물기 전까지는 몸조심하라는 거."

위험한 부위를 아슬아슬하게 피했다지만, 그래도 꽤나 깊은 상처가 남았다. 격렬한 경기 도중에 상처가 터질 수도 있는 일이었고.

선발이 아닌 교체로.

팔 병신을 만들고 싶지 않다면, 벤치에 두라는 게 팀닥터가 전한 경고였다.

이는 전술적인 요소와 함께 데니스가 오늘 선발에서 빠지는 요인 중 하나가 되었지만, 누구를 탓하겠는가. 순전히 본인의 잘못인 것을.

"그리고 선발을 짜는 건 네가 아닌 내가 할 일이다. 네 투정을 들어줄 이유는 없어."

"당신이 왜 이런 짓을 하는지 알고 있어. 날 길들이려고 그러는 거지? 그런다고 내가 고분고분하게 될 거 같아?"

다만 그러한 말은 데니스에겐 닿지 못한 모양이었다.

녀석은 이 모든 상황을, 원지석이 자신에게 엿을 먹이기 위해 만들어둔 거라 믿었다.

이대로 당하지는 않겠다는 듯.

몸을 돌린 녀석이 거칠게 걸음을 옮겼다.

혹여나 달려들 걸 대비해 근처에서 지켜보던 선수들과 코치들은 자신을 지나치는 데니스를 보며 머리를 긁적였다.

저런 상황에선 무슨 말을 해도 발작을 하겠지.

"괜찮아요?"

"문제 될 건 없구나."

리암의 물음에 시큰둥하게 대답한 원지석이 손목의 시계를 확인했다.

슬슬 훈련을 할 시간인 데다.

저 멀리서 터벅터벅 걸어오는 이안이 보였다.

"마침 모두 나왔군."

"그만큼 심각해 보였으니까요."

이성을 잃은 데니스가 라커 룸을 뛰쳐나갈 때, 머릿속에선 훈련장에서 난투극을 벌였다는 기사를 상상할 정도였으니까. 그런 제목을 보지 않아도 되어서 다행이다.

"네가 고생이 많구나."

"후우."

원지석의 위로에 긴장을 푼 리암이 한숨을 쉬었다.

한편으로는 폭탄을 괜히 자극한 이안이 원망스럽기도 했다.

사이 나쁜 두 선수 사이에 껴서 중재를 한다는 건 그만큼 쉽지 않았다.

"저 녀석은 어떻게 할까요?"

리암이 손으로 데니스를 가리키며 물었다.

씩씩거리며 나가던 녀석은 이안과 마주치고선 다시 티격태격하는 중이었다.

그 모습이 퍽 웃겼는지 피식 웃은 원지석이 답했다.

"글쎄. 훈련을 빼먹으면 명단 제외니까."

무심하게 던진 그 말을 듣진 못했을 테지만, 데니스가 발걸음을 멈췄다.

아니.

거기서 멈추지 않고 몸을 돌려 훈련장에 복귀하는 녀석의 눈빛은.

무언가를 꾸미는 것처럼 독기로 가득 차 있었다.

'과연 어떻게 나오려나.'

그 분노를 경기장에서 풀까.

아니면 스스로를 좀먹을까.

모두 모인 것을 확인한 원지석이 훈련을 시작했다.

                    *   *   *

카타르와의 경기는 아스날의 홈구장인 에미레이트 스타디움에서 열렸다.

런던에 위치해 6만 명을 수용할 수 있는 이곳은, 벌써부터 많은 사람들로 붐볐다.

─여기는 국가대표 평가전이 열리는 에미레이트 스타디움입니다!

─지난 아르헨티나전에서 나쁘지 않은 경기력을 보여줬기 때문일까요? 오늘 관중들의 열기는 한층 더 뜨겁군요.

중계 카메라가 그라운드를 잡았다. 아직 시간이 남은 만큼 두 나라의 선수들은 하프라인을 반으로 나누어 가볍게 몸을 푸는 중이었다.

잉글랜드 선수들은 중간중간 자신을 부르는 소리에 손을 흔들어주었고.

의외로 가장 인기가 많은 것은 코치들이었다.

"제임스!"

"앤디, 사인 좀 해줘요!"

"킴! 혼자 사는 게 더 행복한 거야!"

이번에 합류한 새로운 코치들이 선수들이 몸을 푸는 걸 도와주러 나오자, 관중석에선 그들을 향해 손을 뻗었다.

제임스는 관중석까지 올라가 사진을 함께 찍어주었으며.

앤디는 손을 흔들어주었고.

킴은 한숨과 함께 고개를 저었다.

시대의 전설들을 보며 눈을 빛낸 카타르 선수들도 하프라인을 넘었다. 수줍게 악수를 청하는 모습은 수줍은 소녀 같기도 했다.

이윽고 시간이 지나자.

모든 선수들은 라커 룸을 향해 들어갔다.

―그사이에 양 팀의 라인업을 살펴보죠.

―먼저 잉글랜드의 라인업인데, 조금 놀랍군요.

―네. 데니스의 이름이 없네요.

놀랍게도 데니스의 이름은 보이지 않았다.

부상 때문에 그런 거다.

부상은 핑계일 뿐, 선수를 길들이려는 노림수다.

몇 시간 전에 발표된 선발 명단에, SNS 또한 시끄러운 싸움 터가 될 정도였다.

특히 맨유의 팬들 중 과격한 무리는 원지석이 첼시를 위해 데니스를 괴롭히고 있다는 주장을 펼치며 논란을 지폈다.

─잉글랜드 팀닥터의 발표로는 신경이 다칠 위험이 있다더군요.

─그럼에도 논란은 쉬이 가라앉지 않네요. 중요한 건 오늘 경기에 나설 선수들에게 집중하는 게 아닐까 싶습니다.

─네. 잉글랜드의 포메이션입니다.

원지석은 데니스가 빠진 라인업을 실험하기 위해 실험적인 전술을 꺼냈다.

4321 포메이션.

윙어를 대신해 두 명의 공격형미드필더를 둔 전술을.

─물론 2선에 있는 선수들이 측면으로 빠지며 윙어처럼 움직일 수도 있지요.

─최전방에 선 이안과 어떤 호흡을 보여줄지가 궁금하네요.

역시나 최전방에 선 자는 이안이었다.

그 밑에는 리암이 중심을 잡았으며.

수비 라인에는 존 모건과 윌킨스를 비롯한 아르헨티나전의 그 얼굴들이 나왔다.

"야."

"응?"

자신을 부르는 소리에 리암이 고개를 돌렸다.

옆에 있던 이안이 주먹을 내밀고선 말을 이었다.

"잘해보자."

"그래."

리암이 주먹을 맞대며 웃었다.

데니스가 아닌 이상 다른 선수들과의 사이는 딱히 나쁘지 않은 이안이었다.

"가자."

양 팀의 선수들이 터널을 지나며 그라운드에 입장했다. 그때 카메라가 잉글랜드의 벤치 쪽을 비추었다.

데니스.

눈에 독기가 가득 찬 그 녀석을.

삐이익!

경기가 시작되었다.

원정팀인 카타르는 강한 압박에 이은 재빠른 역습 전술을 꺼냈다.

반대로 잉글랜드는 점유율을 통해 카타르의 수비진을 흔들었다.

전문적인 윙어나 측면공격수가 없는 만큼, 순간적인 파괴력은 떨어지지만.

―뒤꿈치로 패스를 흘리는 이안!

―리암이 빈틈을 파고듭니다!

대신 미드필더들이 높은 공격 가담을 보이며 카타르의 수비 라인을 몰아쳤다.

두 명의 공격형미드필더들은 데니스처럼 변칙적인 움직임은 보여주지 못해도, 안정적인 소유와 볼 배급을 통해 매끄러운 공격 전개를 보여주었다.

―수비 사이로 길게 패스를 찌르는 리암!

―이안이 빠르게 달려갑니다!

결국 카타르의 미드필더들이 잉글랜드의 2선을 압박하기 위해 쏠리는 순간.

넓게 벌려진 길을 통해.

리암이 긴 스루패스를 찔렀다.

"제법이잖아."

빠르게 속도를 올린 이안이 공을 향해 달렸다.

카타르의 수비수들이 동시에 달려왔지만, 길게 끌 생각은 없다.

바로 슈팅을 때릴 거니까.

쾅!

논스톱으로 때린 슈팅이.

강하게 휘며 골문으로 쏘아졌다.

―이안의 슈우우웃!

―고오오올! 엄청난 골입니다! 엄청난 골을 터뜨린 이안 로버트!

―마치 UFO처럼 휘는군요!

―저런 건 아무도 못 막죠!

아웃프런트로 때린 슈팅은 바깥쪽으로 곡선을 그리다, 골키
퍼가 손을 뻗으려는 순간엔 급격히 휘며 그대로 골 망을 출렁
였다.

우와아아!

중계진들만이 아니라 에미레이트 스타디움의 관중들 역시
경악성을 터뜨렸다.

그런 팬들의 앞까지 달려간 이안이 셀레브레이션을 보여주
자, 경악은 그대로 환호로 변하며 경기장을 흔들었다.

"괜히 제2의 수식어를 다는 건 아닌가."

터치라인에 선 원지석은 그런 이안을 보며 쓴웃음을 지었다.

제2의 제임스.

사실 둘의 플레이 스타일은 꽤나 다른 편이었다.

제임스가 처진 공격수 자리에서 페널티박스까지 자유롭게
움직인다면, 이안은 빠른 주력으로 수비 라인을 깨는 유형이었
으니까.

그럼에도 그런 별명이 붙은 이유는.

슈팅력.

저런 놀라운 슈팅은 제임스의 그것과 꼭 닮았다.

"나는 저런 것쯤은 눈 감아도 할 수 있어."

이 분위기가 마음에 들지 않았는지, 코치로서 벤치에 앉은 제임스가 입을 삐죽였다.

그걸 옆에 앉은 킴이 시큰둥하게 받아쳤다.

"앤디 따라 해보겠다고 헛발질한 건?"

"그때는… 컨디션이 좋지 않았을 뿐이야."

예전 일이었다.

앤디의 별명이 멋있다고 생각한 건지, 제임스는 프리킥 찬스에서 자기가 차겠다며 나섰고.

거기서 눈을 감았다가, 그만 헛발질을 하며 기회를 놓친 적이 있었다.

"솔직히 말해, 너 실눈 뜨고 찬 거지."

"또 그런다."

"한심하게."

벤치에선 그런 실랑이가 벌어지는 사이.

한 골을 먹힌 카타르는 좀 더 공격적으로 나서며 잉글랜드의 골문을 위협했다.

어차피 평가전인 건 그들 역시 마찬가지였다.

차라리 지금 좀 더 부딪쳐서 한계를 시험하는 게, 그 많은 돈을 지불한 이유 아니겠는가.

─공을 끊어내는 윌킨스!

─아르헨티나전과는 다르게 오늘은 수비적으로도 아주 좋습니다!

오른쪽 풀백인 윌킨스는 그런 카타르의 측면 공격을 틀어막은 뒤, 날카로운 오버래핑으로 역습에 나섰다.

카타르가 수비 라인을 내렸을 때는 사실상 윙어처럼 뛸 정도였다.

윌킨스의 빈자리는 중앙미드필더들이 채우거나, 급할 때는 존 모건이 막아내며 무실점을 이끌었다.

그리고 어느덧.

후반 38분.

경기는 막바지에 이르렀다.

"슬슬 교체를 해야겠네."

카타르가 예전에 비해 성장했음에도, 아직 잉글랜드와의 전력 차이는 분명했다.

스코어는 3 : 0.

이안이 추가골을, 리암이 한 골을 더 넣으며 경기를 더욱 벌린 잉글랜드였다.

"데니스!"

원지석은 벤치에 있던 데니스를 불렀다.

과연 훈련장에서의 그 눈빛이 무엇을 의미하는지.

그걸 알기 위해서 말이다.

"조끼 벗고 들어갈 준비해."

하지만.

상황은 전혀 다른 방향으로 흘렀다.

"싫은데요."

코웃음을 치는 데니스와는 반대로.

벤치에 앉은 모든 사람들의 얼굴이 굳었다.

녀석은 붕대가 감긴 자신의 팔을 흔들며 조롱하듯 말을 덧붙였다.

"아시다시피 부상이라."

원지석은 말이 없었다.

그저 조용히.

자신에게 항명하는 녀석을 바라보았을 뿐.

그것만으로 킴, 앤디, 제임스는 소름이 돋는 걸 느꼈다.

"뭐?"

스산한 목소리.

오랫동안 함께했기에 안다.

저건 진짜 화났다는 걸.

                    *   *   *

―무슨 문제가 생겼나요?

―잉글랜드 벤치 쪽의 분위기가 혼란스럽네요.

분명 여유롭게 스코어를 벌렸음에도.

원지석의 얼굴은 싸늘하게 굳어 있었다.

평소 피치 위에선 감정을 잘 드러내지 않는 그였지만, 이번엔 뭔가 달랐다.

그 냉정함이.

기쁨을 참으려는 게 아닌.

곧 터질 분노를 눌러 담고 있었으니까.

삐이익!

휘슬이 울리자 카타르의 감독과 악수를 나눈 원지석은 곧바로 라커 룸을 향해 걸었다.

"뭐야?"

"우리가 실수한 게 있었나?"

눈치를 챈 선수도 있겠지만, 벤치의 상황을 몰랐던 선수들은 묘한 분위기를 깨닫고선 고개를 갸웃거렸다. 그중에서 불길함을 느낀 녀석은 리암이었다.

"킴, 어떻게 된 거예요?"

"어떻게 되긴. 좆 된 거지."

한숨과 함께 머리를 긁적이는 킴의 눈은 짜증이 가득했다.

그 대답에 리암 역시 불길한 상상이 점점 현실적으로 다가오는 걸 느꼈다.

비록 킴을 비롯한 코치들에 비해 지도를 받은 기간이 그리 길진 않지만.

적어도.

이게 무슨 상황인지를 모르진 않았다.

"그렇게 큰일이야?"

음료로 목을 축이던 존 모건이 물통을 건네며 물었다. 갑자기 표정이 어두워진 게, 무슨 전쟁이라도 난 것처럼 호들갑을 떠는 것 같았기 때문이다.

"원 감독님은 말이죠. 보통 경기가 끝나면 격려를 해주러 오잖아요?"

"음, 그러네."

"그런데 가끔, 그러지 않으실 때가 있어요."

리암의 기억으로는 총 세 가지의 경우가 있다.

가족에게 무슨 일이 생겼거나, 혹은 선수들이 최악의 경기를 펼쳤다거나.

또는.

누군가가 감독의 권위에 침을 뱉은 경우에.

"충고 하나 하자면."

쓰게 혀를 찬 리암이 존 모건을 보며 말했다. 언젠가 제임스가 그에게 해주었던 조언을.

"감독님의 앞에는 앉지 않는 게 좋을 겁니다."

지옥을 눈앞에서 겪고 싶지 않다면 말이다.

*　　　　*　　　　*

애석하게도 존 모건은 그 말을 이해하지 못했다.

무언가 위급한 상황이란 건 알겠는데, 그렇게까지 호들갑을 떨 필요가 있냐는 거다.

그 역시 많은 경험을 쌓은 베테랑이었다. 특히 강등권 팀을 전전하며 더러운 일도 많이 겪었었고.

언제였지.

3부 리그에서 뛰던 시절.

팀 자체는 마음에 들었지만, 감독과 선수가 주먹질을 하는 걸 보며 도망치듯 떠난 경험도 있었다.

'결국 감독이 화났다는 거잖아.'

원지석의 헤어드라이어는 유명했지만, 설마 사람을 잡아먹기까지 하겠는가.

과장 섞인 충고라 생각한 그가 라커 룸에 앞에 섰다.

끼이익.

문을 열고 들어가는 순간.

존 모건은 무언가 이상하다는 걸 깨달았다.

'뭐야, 왜 이렇게 조용해?'

고개를 갸웃거린 그가 주위를 두리번거렸다. 사람이 없진 않았다. 먼저 들어간 녀석들은 말없이 자리에 앉아 수건으로 땀을 닦고 있었으니까.

"윌킨스? 감독님은 어디에……."

뒷말이 끊겼다.

물어보았던 원지석을 찾긴 했다.

그래, 찾긴 했는데.

말없이 가라앉은 눈을 마주하자, 존 모건은 어깨에 소름이 돋는 걸 느꼈다.

왜 이렇게 조용한지.

그걸 깨닫기도 전에 숨이 턱 막혔으니까.

"고생했어."

그렇게 말한 원지석은 손목에 걸린 시계를 풀었다.

그때 분노를 터뜨리지 않았던 이유는 간단했다. 필드에서 뛰는 선수들의 집중력이 흐트러지지 않도록 하는 게 감독의 일이었으니까.

그리고 라커 룸의 일은 가급적이면 밖으로 새어 나가지 않는 게 좋았다.

"엄청 화났죠?"

"그러게."

앤디의 속삭임에 케빈이 고개를 끄덕였다. 오랜 시간 인연을 쌓아온 두 사람이 기억하기에도, 이렇게까지 화를 낸 모습은 손에 꼽을 정도였다.

"아무리 나라도, 여기서 까불지는 못하겠는걸."

답지 않게 약한 모습을 보이며 케빈은 선수들을 훑어보았다.

리암의 충고를 뒤늦게나마 떠올린 존 모건은 멀찍이 떨어진 곳에 엉덩이를 붙였고, 그렇게 대부분의 선수들이 돌아왔다.

한 명을 뺀다면.

"승리 축하해, 친구들!"

양반은 되지 못한다는 건지, 마지막으로 데니스가 함박웃음을 지으며 문을 열었다.

귓가에는 헤드폰을 끼고선 리듬에 몸을 흔드는 모습이, 마치 라커 룸과는 다른 세상인 것처럼 굉장히 이질적이었다.

"데니스."

"으음, 감독님!"

원지석의 말에 데니스가 큰 제스처를 취했다.

붕대를 감은 손을 보여주며 녀석은 어깨를 으쓱였다.

"아까는 미안했지만, 아시다시피 부상이라! 당신도 그래서 날 선발에서 뺀 거 아니었어?"

"이러려고 훈련에 참가한 거였나?"

짧지만 핵심적인 질문이었다. 훈련을 소화하지 않으면 벤치가 아닌 명단에서도 제외될 걸 알기에, 처음부터 엿을 먹이려고 훈련을 소화한 거냐는 물음.

데니스는 대답 대신 작은 미소를 지었다.

그 비웃음만으로.

대답은 충분해 보였다.

"오늘 네가 한 행동의 의미를 알고는 있나?"

"모르겠는데? 왜, 알려주기라도 하게?"

원지석은 시계가 풀린 손목을 만지작거렸다.

만약 다음에도 얼굴을 볼 녀석이라면 한 대 후려쳤겠지만, 이젠 그럴 가치도 없는 놈이다.

"그래, 알려주지."

그는 손을 뻗어.

녀석의 헤드폰을 잡아챘다.

"무슨 짓이야!"

"무슨 짓? 귀 막지 말고 똑바로 들으라는 거다, 이 구제 불능인 버러지 새끼야!"

참았던 분노가 터졌다.

둑이 터진 것처럼 가감 없는 분노에.

조소를 머금었던 데니스마저 흠칫 놀라며 뒷걸음질을 칠 정도였다.

"오늘 네가 한 짓의 의미를 물었나? 모르겠다면 알려주지."

흉폭함으로 끈적이는 목소리가 사납게 으르렁거렸다.

데니스가 겁 없이 까부는 몰티즈라면.

그는 지금까지 수많은 싸움터를 헤쳐온 마스티프다.

아무리 작고 귀여운 강아지라도, 주제를 모르고 이를 드러낸 순간엔 그게 어떤 의미인지를 알게 해주는 수밖에.

"적어도 내가 이 나라의 감독으로 있는 동안은, 네가 국가대표 유니폼을 입을 일이 없다는 뜻이니까."

"시발, 내가 아니면 누굴 뽑으려는 거지? 저기 저 덜떨어진 존 모건처럼 떨거지들을 모은다고 뭐가 달라지는 게 있나? 결국 나한테 다시 손을 내밀 건데!"

다른 감독들처럼.

소속 팀인 맨유에서도, 전에 있던 잉글랜드 국가대표팀의 감독도 그랬다.

데니스를 쫓아내기 위해 새롭게 데려온 경쟁자는 결국 그를 밀어내지 못하고 사라졌으니까.

그건 경기에 나서서 관심을 받는 걸 즐기는 데니스에겐 꽤나 치욕스러운 일이었다.

녀석은 울분을 토하듯 소리쳤다.

"당신은 그냥 날, 경기장에 내보내면 된다고! 그럼 알아서 해줄 테니까!"

순간적으로 라커 룸에 정적이 찾아왔다.

선수들은 두 명의 대립을 흥미롭게 지켜보았고.

옆에 있던 코치들은 한숨을 쉬었다.

'아, 지뢰 밟았네.'

"알아서 해? 흐음, 알아서 한다고."

마치 못 들을 걸 들은 사람처럼.

손으로 얼굴을 한 번 쓸어내린 원지석이 녀석의 멱살을 잡아챘다.

깜짝 놀란 데니스가 손을 떼어내려 했지만 무슨 힘이 이렇게 좋은 건지, 멱살을 잡은 손은 꼼짝도 하지 않았다.

"시, 발!"

"이 정도가 되니 궁금해질 지경이군."

박치기를 하듯, 이마를 맞대며 데니스와 눈을 마주친 그가 말을 이었다.

"혼자서 뭘 할 수 있다는 거지? 설마 그 겉멋만 잔뜩 들어간, 쓰레기 같은 플레이를 말하고 싶은 건가?"

"켁!"

무언가를 말하려 해도 숨이 막혔기에 제대로 된 대답은 나오지 못했다.

애당초 대답을 들으려고 한 질문도 아니었으니.

원지석이 녀석의 귓가에 속삭였다.

"장담하는데 네가 스스로의 플레이에 책임감을 가지지 않는 이상, 너는 영원히 지금 그대로일 거다."

데니스는 순전히 자신이 스포트라이트를 독식하기 위해 뛰는 선수였다.

거기서 나오는 이기적인 탐욕.

동료들에게 패스를 줄 길이 열려도 무시하고, 고집스럽게 위험한 플레이를 감행한다.

성공한다면 아주 멋진 장면이 나오겠지만.

실패할 경우엔 민폐만 끼치는 멍청한 짓일 뿐이다.

그래, 딱 하이라이트 영상을 위해 뛰는 놈이었다.

"유튜브에 올릴 영상은 집에서나 만들라고."

"커헉!"

던져지듯 멱살이 풀리자 데니스가 기침과 함께 가쁜 숨을 쉬었다. 그래도 효과는 있었는지, 녀석은 시선을 피하며 누그러진 모습을 보였다.

겁을 먹은 것이다.

하지만 아직 원지석의 말은 끝나지 않았다.

이번에는 데니스가 아닌, 다른 녀석들에게 이를 드러낼 차례였다.

"너희들이라고 웃을 처지 같냐?"

그가 지목한 이들은.

잉글랜드 선수단 전부였다.

조용히 상황을 지켜보던 잉글랜드 선수들은 자기에게 돌려진 화살을 예상하지 못한 듯 숨을 삼켰다.

"지금까지 너희가 하는 꼴을 지켜봤지. 밥도 따로 먹어, 이야기도 따로 해, 친구도 따로 사귀어. 이런 시발, 너희 대체 뭐 하는 거냐?"

선수들은 감히 대꾸하지 못했다.

방금 데니스가 어떻게 털렸는지를 보았고.

무엇보다 틀린 말이 아니었기 때문이다.

맨유의 선수들은 맨유끼리, 리버풀의 선수들은 리버풀끼리, 첼시 선수들은 첼시끼리.

라이벌 클럽의 선수들을 경계하며, 화합하지 않은 건 오래전부터 지적되어 온 삼 사자 군단의 고질병이었다.

"리그는 리그다. 클럽은 클럽이고."

두 번의 소집으로 원지석은 깨달았다. 이 팀은 우선적으로 동료들 간의 보이지 않는 벽을 허물어야만 한다는 걸.

그는 왼쪽 가슴을 가리키며 말을 이었다.

"거기에 달린 엠블럼은 뭐냐?"

세 마리의 사자가 그려진 엠블럼.

맨유도, 리버풀도, 첼시의 것도 아닌.

잉글랜드.

삼 사자 군단의 상징이었다.

다른 클럽의 선수들과 대화를 나누며 무언가 말실수를 하지 않을까, 그게 라이벌 팀을 더욱 강하게 만들어주지 않을까 하는 마음에 선수들은 자연스럽게 멀어지게 되었다.

하지만 지금 그들은 한 팀이었다.

그런 노파심과 경계심은, 삼 사자 군단의 유니폼을 입는 순간만큼은 접어야 한다.

"너희가 달고 있는 엠블럼이 무엇인지, 그 의미를 알아둬라."

이렇게 해서.

폭풍 같은 라커 룸 대화가 끝났다.

* * *

「[BBC] 잉글랜드, 카타르를 상대로 승리를 거두다!」

「[스카이스포츠] 벤치에서 발견된 미묘한 기류?」

경기 후반에 있었던 데니스의 항명은 많은 화제가 되었다.

어떠한 상황인지는 자세히 알지 못하더라도, 카메라에 잡힌 모습만으로도 이야깃거리가 나오기엔 충분했기 때문이다.

"지금으로선 할 말이 없습니다."

원지석은 기자들의 질문 세례를 노코멘트로 일관했다.

오늘 있었던 일은 선수들에게 큰 파문을 일으켰을 터다.

생각을 정리할 시간이 필요한 지금, 시끄러운 논란이 생긴다면 쓸데없는 심리적인 압박을 받을 수 있었다.

따로 선수나 코치에게 빨대를 꽂은 기자가 있다면 큰 의미가 없는 침묵이었지만, 그래도 지금은 입을 다물 때였다.

"카타르와의 경기에서 잉글랜드는 생각보다 나쁘지 않은 경기력을 보여주었습니다. 오늘 경기를 어떻게 생각하십니까?"

"선수들은 모두 잘해줬죠. 객관적인 전력 차이를 감안해도, 오늘 그들이 보여준 조직력은 괜찮았습니다."

무난한 기자회견은 오늘 환상적인 골을 터뜨린 이안을 칭찬하는 걸로 마무리되었고.

그날 저녁.

사무실에 돌아온 원지석은 책상에 놓인 전술 보드를 물끄러미 바라보았다.

정확히는 그 위에 붙여진 이름을 말이다.

[데니스]

원지석은 그 이름에 손을 뻗었다.

곧.

전술 보드에서 데니스의 이름이 지워졌다.

60 ROUND
새로운 옵션

「[BBC] 데니스, 아무 일도 없었다」

「[스카이스포츠] 경기가 끝난 뒤 라커 룸에서 무슨 일이 있었는가?」

의외인 점이 있다면.

기자들과 신나게 떠들 거라 생각했던 데니스가 입을 다물고 있다는 거였다.

녀석의 성격상 자기가 얼마나 괴롭힘을 당했는지, 자신을 비극의 주인공으로 만들었어도 이상하지 않았으니까.

'영화처럼 갑자기 철이 들거나 하진 않았을 테고.'

역시 쪽팔려서 가만히 있는 쪽이 맞겠지.

그래도 당사자가 입을 다문 덕분에, 그날의 논란은 그리 오래가지 않아 잠잠해진 편이었다.

"후우."

원지석이 한숨과 함께 안경을 고쳐 썼다.

10월 A매치로부터 어느덧 보름이란 시간이 흘렀다.

올해 남은 A매치는 11월이 마지막이므로, 사실상 기본적인 뼈대는 이번에 맞춰야만 했다.

그래도 아르헨티나전에서 거둔 수확은 나쁘지 않았다. 존 모건처럼 눈도장을 찍은 녀석들은 폼이 갑작스레 떨어지지 않는 이상 계속해서 대표 팀에 뽑힐 터였다.

'문제는.'

원지석은 주머니 안쪽을 뒤적거렸다.

작은 통에서 알약 한 알을 꺼낸 그는 물과 함께 삼키며 자료들을 확인했다.

'새로운 7번이 필요해.'

7번.

본래 데니스가 가지고 있었던 삼 사자 군단의 등번호.

축구에서 등번호는 때로 그 이상의 의미를 가지기도 한다.

물론 각 리그, 클럽마다 의미가 달라질 때도 있지만, 7번이란 등번호는 보편적으로 팀의 윙어나 측면공격수에게 주어지는 편이었다.

데니스는 잉글랜드의 7번이었지만 이제는 아니다.

즉, 앞으로 뽑힐 선수가 등에 다른 번호를 새긴다고 해도, 그 역할을 해줄 선수는 필요하단 이야기였다.

"문제는 누구를 뽑냐는 건데."

확실히 그 멘탈을 제외한다면, 녀석은 잉글랜드 선수들 중 가장 뛰어난 윙어가 맞았다.

전임 감독들이 괜히 울며 겨자 먹기로 녀석을 계속해서 기용한 게 아니니까.

그 대체자를 찾는 만큼 굉장히 어려운 일이 될 것이다. 어쩌면 찾지 못할 수도 있었고.

'전술 변화도 생각해야겠군.'

윙어 없이 두 명의 공격형미드필더를 배치한 카타르전은 그걸 생각해 둔 실험이었다.

항명이란 사건은 예상하지 못했지만.

결과적으로 의도치 않은 예습이 되어버렸다.

부르르.

책상 위에 올려둔 스마트폰이 진동으로 떨린 것은 그때였다.

눈을 끔뻑인 그가 화면을 확인하니.

스벤의 메시지가 왔다.

[재미있는 거 보러 가지 않겠습니까?]

*   *   *

원지석은 스벤이 찍어준 위치를 향해 차를 몰았다. 도착한 곳은 첼시의 2군 경기장으로, 오늘은 평소보다 많은 사람들이 보였다.

"원! 여기입니다!"

음료수와 팝콘을 양 손에 가득 든 스벤이 소리를 칠 때마다 팝콘 몇 개가 바닥에 떨어졌다.

"늙은이의 데이트 신청을 받아주다니, 고맙군요."

"월급을 주는 입장이니 감시를 하러 온 거죠."

"하하, 벨미르나 브레노 같은 녀석들이 쑥 튀어나오진 않으니까요."

쓸 만한 선수들을 물색하는 일을 담당한 스벤은 매일매일 리그 경기들을 녹화하고, 분석하며, 때로는 직접 찾아가 관찰하기도 했다.

그런 상황에 2군 경기장은 국가대표와는 크게 관련이 없을 수도 있지만.

오늘은 달랐다.

"청소년 국가 대항전이라."

원지석은 고속버스 옆에 걸린 국기들을 보며 입가를 한 번 쓸어내렸다.

한쪽은 잉글랜드.

다른 쪽은 프랑스의 국기가 걸려 있었다.

내년에 있을 유로를 기념하기 위해서인지 잉글랜드 FA는 청소년 국가대표 대항전을 열었으며, 유럽의 많은 유소년 팀들에게 초대장을 보냈다.

"재미있는 구경이란 게 애들을 보자는 거였어요?"

"혹시 압니까? 보석을 발굴할지. 갑자기 어디서, 어떤 놈이 나타날지 예상할 수 없다는 게 스카우트의 묘미죠."

뭐, 무명의 유소년 선수를 대표 팀에 발탁했다간 만만치 않은 논란이 있겠지만.

지금은 대표 팀에 뽑을 선수를 보러 가는 게 아닌, 기분 전환을 위한 구경이었다.

"일단 가죠."

둘은 경기장을 향해 걸었다.

첼시의 2군 경기장은 시설이 굉장히 좋은 편에 속했는데, 이는 원지석의 공이 컸다.

발렌시아를 떠나 첼시로 돌아온 그는 라리가에서의 경험을 통해 2군의 중요성을 보드진에게 역설했고, 관람석까지 늘이며 개선에 심혈을 기울였다.

"돈 좀 쓰셨겠습니다."

"다시 돌아왔을 때는 발언권 자체가 달라졌으니까요."

첼시 1기 시절에는 이런저런 요구를 해도 들어주지 않았던 경우가 많았다.

그리고 잉글랜드를 떠나.

독일, 스페인을 돌아다니며 많은 경험을 쌓은 그는 더 이상 만만한 감독이 아니었다. 그렇기에 원지석은 첼시 1기 시절을 끝낸 것을 아쉬워하지 않았다.

"감독님, 이쪽입니다."

"감사합니다."

"뭘요."

2군 경기장을 관리하는 사람의 안내에 따라 원지석이 쓴웃음을 지었다.

이러려고 데려왔구나.

스벤의 속셈에 어울려 주기로 한 그는, 관계자들만이 앉을 수 있는 자리에 엉덩이를 붙이며 다리를 꼬았다.

"잉글랜드의 샛별들이군요."

"샛별일지 개똥벌레일지는 시간이 지나야 알겠지만요."

경기 전 몸을 푸는 잉글랜드의 청소년 대표 팀을 보며 스벤이 눈을 빛냈다. 아무래도 직업병은 어쩔 수 없는지, 새로운 선수들을 볼 생각에 가슴이 두근거리는 모양이었다.

"원 감독이다."

"설마 여기서 선수를 뽑으려는 건가?"

그러는 와중에 원지석을 알아본 사람들 사이에서 작은 술렁임이 생겼다.

꽤나 많은 사람이 모인 데다, 기자들까지 있는 상황에 그의 얼굴은 너무 유명했던 것이다.

웅성거림을 느낀 그가 손을 흔들자 작은 소란이 일었고.

누군가는 선수들을 찍기 위해 가져온 카메라를 들며 소리를 질렀다.

"인기인이시군요."

"제가 좀."

원지석이 어깨를 으쓱이며 너스레를 떠는 사이.

두 나라의 선수들이 그라운드에 섰다.

삐이익!

휘슬 소리와 함께, 그들은 경기의 주도권을 가져오기 위해 빠르게 움직였다.

"어려서 그런지 시원시원하네요."

아직 완성된 선수들은 아니지만.

활력이 넘치는 플레이는 사람들의 탄성을 이끌며 분위기를 고취시켰다.

'유소년 감독을 할 때가 떠오르네.'

그때는 아이들과 함께 성장하는 재미에 시간 가는 줄을 몰랐었다.

만약 그때의 자신에게.

이런 미래를 설명한다면 믿을 수 있을까.

막연한 상상에 피식 웃음을 터뜨린 원지석이 아이들의 플레이를 지켜보았다.

"싹수가 보이는 녀석들이 몇 명 있군요."

"그러게요."

한 경기로 모든 것을 판단할 수는 없지만, 그럼에도 순간적인 센스가 번뜩이는 녀석들이 있었다.

U19 대회.

아직은 프로 데뷔를 하지 못한 녀석들이 많았음에도.

앞으로의 성장이 퍽 기대되긴 했다.

"하하, 파격적으로 발탁하는 건 어떻습니까?"

"지금으로선 무리죠."

그래. 지금으로서는 무리다.

하지만 만약.

잉글랜드 감독을 계속해서 맡는다면.

'그때는 모르겠군.'

때마침 잉글랜드의 윙어가 골을 넣고선 기뻐하는 모습이 보였다. 아니, 거기서 멈추지 않고 원지석이 있는 곳까지 달려와 셀레브레이션을 하고 있지 않은가.

"웃기는 녀석이네."

원지석은 몇 명의 이름을 기억했다.

몇 년 뒤.

그들을 다시 볼 거란 기대를 하며.

*　　　　*　　　　*

「[더 선] U19 대표 팀의 경기를 지켜본 원지석!」

「[미러] 파격적인 선발을 예고? 삼 사자 군단의 유니폼을 입을 원 더 키드는?」

원지석이 청소년 대표 팀의 경기를 본 것은 그 자리에 있던 기자들을 통해 빠르게 기사로 퍼졌다.

안 그래도 데니스와의 논란이 있었기에, 사람들은 녀석을 대신할 새로운 재능을 발굴하려는 게 아니냐는 추측을 했고.

자연스레 잉글랜드 U19의 윙어들을 집중 조명 하는 기사가 연이어서 쏟아졌다..

"너무 과도한 관심은 안 좋은데."

원지석은 그러한 상황에 우려를 표했다. 의도치 않은 결과가 나온 것이다.

어린 유망주가 갑작스레 유명세를 얻는다면.

득보다 실이 더 많다는 게 그의 생각이었으니까.

실제로 기대를 모았던 유망주들이 실패하는 이유 중 하나로, 그런 과도한 관심이 지적되기도 했다.

적절한 자극을 넘어선 유명세에 취해 스스로의 위치에 만족해 버리거나, 나태해지며 스스로를 망친 경우는 꽤나 흔했기 때문이다.

"따로 연락을 해둘까."

괜한 노파심이면 좋겠지만, 유망주가 망가지는 일은 피하고 싶었다.

하지만 이런 걸로 또 다른 루머가 생기는 건 아니겠지.

'연락처는 천천히 알아두기로 하고.'

이제 본질적인 문제를 해결할 시간이었다.

원지석은 전술 보드의 비어 있는 왼쪽 측면을 보며 골머리를 앓았다.

데니스를 뺀 건 좋았다.

문제는 그 자리에 누굴 넣느냐는 건데.

대부분의 뼈대는 머릿속에서 구상이 끝난 상황이었다. 이걸 곧 다가올 11월 A매치에서 실험해야 했고.

띠링.

메시지가 온 것은 그때였다.

알림 표시를 클릭하고선 발신인의 이름을 확인한 원지석이 눈썹을 긁적였다.

[재미있는 녀석을 찾았습니다.]

한 선수에 대해 정리한.

스벤이 보낸 자료였으니까.

"타이밍 좋네."

자료를 확인하자 꽤 많은 파일들이 나왔다.

영상 파일과 이미지 파일, 그리고 이것저것을 정리한 문서들까지.

제일 처음 확인한 것은 프로필이었다. 일단 누군지는 알아야 하지 않겠는가.

"제프 해리스라."

그 이름을 읊조린 원지석이 머리를 긁적였다.

누구지?

설마 2부 리그에서 뛰는 선수인가 싶었지만 그건 아니었다. 정확히 따지자면, 이번 시즌 승격한 노팅엄 포레스트의 선수였으니까.

즉, 지난 시즌까지는 2부에서도 간간히 교체로 뛰었고.

이번 시즌부터 조금씩 자신의 잠재성을 드러내는 선수라 할 수 있었다.

"아니, 잠재성을 드러내는 게 맞나?"

그 기록을 확인한 원지석이 고개를 갸웃거렸다.

스벤이 주목한 선수라면 무언가 특별한 게 있을 줄 알았는데, 기록상으로는 딱히 이렇다 할 게 없는 밋밋한 선수였기 때문이다.

리그 3골.

잉글랜드의 주전 공격수인 이안이 9골을 넣은 걸 생각하면, 썩 마음에 드는 수치는 아니다.

거기다 소속 팀에서도 아직 주전으로서 발돋움하진 못한 듯싶었고.

"이런 선수를 왜?"

하지만 괜히 재미있다는 말을 덧붙이진 않았을 터.

함께 첨부된 영상 자료를 열자.

2부 리그에서 뛰던 시절의 영상이 나왔다.

물끄러미 화면을 보던 원지석은 무심한 얼굴로 다음 영상을 넘겼다.

그렇게 영상이 하나둘씩 넘어갈수록 시간은 점점 흘러, 이윽고 이번 시즌까지 다다랐다.

"흐음."

마침내 영상을 끝까지 보았지만.

그는 여전히 애매하단 얼굴로 고개를 갸웃거렸다.

솔직히 말하자면 수준 이하의 선수였다.

볼을 다루는 기술, 피지컬도 축구선수라고 하기엔 너무나 어설펐지만.

뭘까. 이 기묘한 느낌은.

원지석은 영상을 다시 되돌렸다.

어설픈 터치로 패스를 받지 못하거나, 경기 내내 그 모습이 보이지 않았음에도.

"재미있는 녀석이네."

갑자기 귀신처럼 튀어나와 골을 넣는 그 모습을 보니, 원지석은 무심코 웃음을 터뜨렸다.

이 기묘한 느낌이 무엇인지 점점 눈에 잡혔기 때문이다.

"어디서 이런 놈을."

제프 해리스.

프로필에 적힌 대로라면 몇 년 전까지 배관공 일을 겸직했다고 했었나.

하나 확실한 게 있다면.

녀석은 데니스의 완벽한 대척점이었다.

*　　　　*　　　　*

마치 거울을 마주하듯.

데니스와 제프 해리스는 정반대를 이루었다.

대척점.

원지석이 괜히 그런 생각을 떠올린 게 아니다.

비슷한 나이 또래와, 같은 잉글랜드 국적이란 걸 제외한다면 전혀 다른 두 명이었으니까.

데니스가 어릴 때부터 매우 주목을 받았던 유망주였다면.

제프는 몸을 담았던 유소년 팀에서 재능이 없다고 쫓겨난 경험이 있었다.

천재와 둔재.

둘을 설명하는 데 이보다 더 적절한 말은 없을 것이다.

"기구하군."

원지석은 제프의 자료를 보며 중얼거렸다.

유소년 클럽에서 쫓겨난 이후, 녀석은 이곳저곳을 돌아다닌 모양이었다.

하지만 새로운 클럽을 구하는 건 쉽지 않았고.

갈 곳 없는 그는 7부 리그, 즉 아마추어 리그에 자리를 잡았다.

7부 리그 팀에서 주는 돈이 얼마나 되겠는가. 결국 제프는 밥벌이를 위해 부업으로 배관공 일을 했으며, 이는 4부 리그로 이적할 때까지 지속되었다.

배관공 제프.

프로리그로 올라오기 전까지 불리던 그의 별명.

'데니스가 막 데뷔한 것도 이때였나.'

누군가가 잉글랜드의 새로운 신성으로 주목을 받을 때.

제프는 낮에는 배관공으로 일을 하면서도 축구를 포기하지 않았다.

그 정도로.

둘이 살아온 온도 차는 매우 컸다.

"서로를 본 적도 없겠지만."

둘을 비교하는 원지석의 입장으로서는 퍽 재미있는 상황이 었다.

한번 직접 지도해 보고 싶다.

그런 쪽으로 마음을 굳힐 때, 자료 맨 마지막에 있는 추신을 확인한 원지석이 웃음을 터뜨렸다.

—이 정도면 밥값은 걱정하지 않아도 될 겁니다.

스벤이 남긴 말이었다.

전에 했던 말을 기억에 담아둔 걸까, 쓴웃음을 지은 원지석이 화면을 끄며 의자에 등을 기댔다.

그 말처럼.

잘만 쓴다면, 밥값 그 이상이 될 녀석이었다.

*　　　　*　　　　*

「[BBC] 잉글랜드, 11월 A매치 소집 명단 발표」
「[스카이스포츠] 데니스가 빠지며 논란에 휩싸이다!」

마침내 11월 A매치 소집 명단이 발표되었고, 이는 큰 논란을 일으켰다.

무엇보다.

그 데니스의 이름이 빠졌으니까.

별다른 부상이나, 리그에서의 활약도 기복이 있지만 부진하다고는 할 수 없기에, 사람들은 자연스레 전에 있었던 불화설을 떠올렸다.

잠깐이었지만.

벤치에서 서로를 차갑게 바라보던 둘의 모습을.

"이렇게 되면 불화를 인정하는 꼴이 된 건가."

원지석이 쓴웃음을 머금었다.

뭐, 결과적으로는 불화가 맞았지만.

그 역시 시끄러운 여론을 인식했다. 항상 잡음을 만들던 멘탈과는 별개로 삼 사자 군단에선 핵심적인 역할을 해오던 데니스였으니, 사람들의 혼란도 이해가 갔다.

만약 데니스를 계속 믿을 생각이었다면, 당장 원지석 본인이 별다른 문제가 아니라고 했을 것이다.

하지만.

지금은 녀석을 잘라내겠다는 결단을 내렸다.

그 결단에는, 이런 상황까지 감안했었고.

"문제는 이제부터지."

한숨과 함께 원지석은 태블릿 화면에 떠오른 기사를 확인했다.

「[맨체스터이브닝] 데니스, 노코멘트!」

「[더 선] 길들이기 위한 강수? 원지석의 속내는?」

단순히 가십거리를 좋아하는 타블로이드지만이 아니라, 맨 유에서 뛰는 선수인 만큼, 맨체스터의 지역지들도 데니스의 탈락에 대한 이야기를 다루었다.

불화설부터.

리버풀의 선수인 이안과 짜고 데니스를 괴롭히는 게 아니냐는 얼토당토않은 추측들까지.

원지석이 잉글랜드의 감독이 된 이후로 가장 크게 생긴 논란이었기에, 피 냄새를 맡은 피라냐처럼 기자들은 즐거운 비명을 질렀다.

「[맨체스터이브닝] 제프 해리스? 그는 누구인가?」

더욱이 논란에 불을 지핀 요소로는 새로이 대표 팀에 승선한 무명의 공격수가 있었다.

제프 해리스.

이번 시즌 승격한 팀인 노팅엄 포레스트의 공격수.

사실상 데니스를 대체한 선수가 이런 무명의 선수라니, 자연스레 엄청난 반발이 터졌다.

"한동안 시끄럽겠네."

그런 기사들을 집어 던진 케빈이 소파에 목을 기대며 입을 열었다.

원지석이 무슨 말을 하든, 납득하지 못하는 사람들은 분명 나오겠지. 그중에는 자기들이 믿고 싶은 루머만을 믿는 사람도 있을 것이다.

루머가 루머를 낳고.

나중에는 전혀 알지 못하는 이야기들이 사실처럼 그들을 압박할 테니까.

"헛소문은 익숙하니까요."

"국가적으로 욕을 먹는 건 조금 다를걸? 잉글랜드 훌리건 놈들 성질 더러운 건 시간이 지나도 유명하거든."

클럽축구를 더 사랑하는 잉글랜드지만, 그래도 국가대표팀을 신경 쓰지 않는 건 아니다.

오히려 잉글랜드의 성적이 신통치 않으면 누구보다 난폭해질 그들이었다.

케빈의 경고에 원지석이 쓰게 웃었다.

"욕먹는 게 무서웠다면 감독 일은 진작 접었죠."

"하긴 그렇지."

이 험난한 프로축구계에서 오랜 시간을 구른 결과, 어느덧 그들도 베테랑이 되었다.

어린 시절에는 그렇게나 원했던 자리였지만… 막상 그 위치에 오르니 별다른 감흥이 느껴지지는 않았다.

"슬슬 시간이네요."

"벌써?"

"네."

손목의 시계를 확인한 원지석이 자리에서 일어나자, 눈을 끔뻑인 케빈이 하품을 하며 머리를 긁적였다.

'나이를 속일 수는 없는 건가.'

잠깐 휴식을 취했음에도 몸이 영 찌뿌둥한 게 예전 같지 않았다.

그래도.

별 감흥이 느껴지지 않은 자리라 해도.

아직 이 자리에서 내려가고 싶은 마음은 없었다.

"안 가요?"

"간다, 가."

문을 열다 말고 슬쩍 뒤를 돌아본 원지석의 물음에 케빈이 그 뒤를 따랐다.

런던의 사무실이 아닌, 훈련장에 있는 사무실이었기에.

얼마 가지 않아 초록색의 잔디가 깔린 훈련장이 보였다.

그 넓은 훈련장에 선수들의 모습은 보이지 않았다. 지각이 아니라, 지금은 코치들이 훈련 기구 같은 것들을 점검할 시간이기 때문이다.

"신청한 물건들은요?"

"다 왔습니다. 빠진 건 없는 거 같더군요."

"다행이네요."

그런 이야기를 나눌 때, 저 멀리서 훈련장을 향해 오는 차가 보였다.

왜일까.

순간 코치들의 시선이, 그 차에 쏠렸다.

"누구 차지?"

덜덜덜거리는 소리.

앞 범퍼는 찌그러졌으며.

꽤나 오래된 연식의 소형차는 주차장에 멈춰 섰다.

억대의 슈퍼 카들만이 세워졌던 평소의 주차장을 생각하면, 이질적인 광경이라 봐도 좋을 것이다.

끼긱.

심지어 문을 열 땐 귀를 괴롭히는 메마른 소리에 코치들이 얼굴을 구겼다.

그렇게 힘들게 나온 녀석은 왜소한 체격의 남자였다.

자신에게 쏟아지는 시선을 깨닫고선 흠칫 놀란 녀석이 시선을 피했다.

"그, 그러니까."

머뭇거리듯 말을 더듬으며.

녀석은 조심스레 입을 열었다.

"여기가 훈련장이 맞나요……?"

이 소심한 녀석이.

논란의 중심에 선 제프 해리스였다.

*   *   *

"어째 실제로 보니 더 작은 거 같다."

케빈의 말에 다른 코치들도 동의한다는 듯 고개를 끄덕였다.

166㎝.

프로필에 기록된 제프의 키였다.

다른 선수들보다 먼저 도착한 제프는 원지석과 이런저런 이야기를 나누는 중이었는데, 원지석의 키가 큰 편이었기에 더욱 비교가 되었다.

사실 코치들 중에는 제프의 기용에 부정적인 입장을 표한 사람이 많았다.

리그에서 더 많은 퍼포먼스를 보여주는 선수가 있다는 것, 그리고 신장이 작다는 것도 그 이유 중 하나였다.

실력이 부족하다면 피지컬적으로 새로운 옵션이 되어야 할 텐데, 저런 왜소한 체격은 꽤 애매한 옵션이었으니까.

"감독님이 생각이 있으셔서 그런 거겠지만."

코치들에게 원지석은 마법사와 같았다.

불가능할 거라 고개를 저었던 일도, 그가 된다고 하면 실제로 된 일이 많았으니까.

과연 이번에는 어떤 마법이 실현될지.

그들은 훈련장 구석에서 대화를 나누는 둘을 물끄러미 바라보았다.

"긴장할 필요는 없어."

"네!"

대답과는 달리 바짝 긴장한 모습에 원지석이 쓴웃음을 지었다.

평생 대표 팀은 커녕, 청소년대표팀과도 인연이 없던 제프였으니 이해가 갔다.

"차는 안 바꾸니?"

"딱히 바꿀 필요가 없어서요. 거기다 살면서 처음 산 차라……."

배관공으로 일을 할 땐 버스를 탔고.

프로리그인 4부 리그의 팀과 처음 계약을 맺었을 때, 그 기념으로 산 낡은 중고차를 아직까지 타는 거였다.

사실 지난 시즌 2부 리그에서나, 이번 시즌 EPL에서도 딱히 눈에 띄는 활약을 보여주지 않았기에 제프가 받는 주급은 전체적으로도 낮은 편에 속했다. 거대한 클럽의 유망주들도 그보다는 많이 받는 실정이었으니까.

"그런데 정말 괜찮은 건가요?"

"뭘?"

"제가 대표 팀에 뽑혔기 때문에, 그, 감독님을 욕하는 여론이 생겼잖아요?"

제프는 머뭇머뭇거리며 말을 끝맺었다.

자신으로 인한 논란을 본인 스스로가 가장 잘 알고 있는 모양이었다.

리그에서의 활약도 데니스에 비해서 매우 부족한 데다.

굳이 데니스가 아니더라도, 그보다 좋은 퍼포먼스를 보여주는 선수는 많았으니까.

어쩌면 제프의 선발을 가장 이해할 수 없는 사람은, 제프 본인일지도 몰랐다.

녀석은 불안한 눈으로 원지석의 눈치를 살폈다.

무슨 생각을 하는지 눈에 뻔히 보였는지, 원지석은 쓸데없는 걱정이라며 고개를 저었다.

"불안하니?"

"네? 아, 아니요!"

"안심해. 데니스를 엿 먹이려고 너를 이용하진 않아."

그 정도까지 악마는 아니거든.

무심하게 어깨를 으쓱이는 원지석을 보며 제프 또한 멋쩍은 모습으로 머리를 긁적였다.

소문으로는 머리 세 개에 팔이 여섯인 괴물이라더니, 머릿속의 괴물이 화장을 지우듯 사라지며 한 사람의 모습이 그려지고 있었다.

"그런데 훈련까진 아직 시간이 많이 남았잖아?"

"그게……."

잠시 머뭇거리던 제프가 한숨을 쉬며 말을 이었다.

"저는 재능이 없으니까요. 훈련장에 가장 먼저 나오지 않으면 불안하거든요."

재능이 없다는 것과.

항상 새로운 무대에 도전해야 했던 그동안의 과거는 제프에게 강박 비슷한 두려움을 주었다. 남들에게 뒤처지면 그대로 끝이라는 두려움을.

"우선은."

겁먹지 말라는 듯.

원지석은 그런 제프의 등을 쳤다.

이 겁쟁이를 위해서 어울려 주기로 할까.

"훈련부터 하자."

시간도 꽤 남았겠다.

머릿속에서 상상하던 것과 무엇이 다른지, 오차를 좁혀보기로 했다.

*　　　*　　　*

시간이 지나고.

어느덧 많은 선수들이 훈련장에 모습을 드러냈다.

30분 전에 도착한 이안도 그중 하나였다.

수억짜리 차를 세우고, 문을 열고 내린 녀석은 옆에 세워진 낡은 소형차를 보며 고개를 갸웃거렸다. 처음 보는 차였기 때문이다.

"뭐야, 이 똥차는?"

짐이 든 캐리어를 트렁크에서 내린 이안이 소란스러운 훈련장을 보며 눈을 크게 떴다.

무슨 일인지 볼까.

그렇게 생각한 그는 다시 트렁크를 닫고선 훈련장을 향해 걸었다.

"무슨 일이에요?"

"왔구나."

대머리 코치가 이안을 발견하고선 슬쩍 자리를 비켜주었다.

그 너머.

원지석과 함께 있는 제프의 모습이 보였다.

"쟤가 그, 노팅엄 포레스트에서 뛰는 녀석입니까?"

"뭐 그렇지."

"그런데 왜 이렇게 심각해요?"

이안은 굉장히 진지한 코치들의 모습을 보며 이상하다는 듯 물었다.

그 질문에.

대머리 코치는 대답하기 어렵다는 듯 얼마 남지 않은 머리를 긁적였다.

"잘한다고 해야 할지, 음."

"직접 보죠 뭐."

결국 이안도 구경꾼 무리에 섞이며 제프의 모습을 지켜보았다.

그리고 잠시 후.

다른 사람들처럼 이상한 것을 봤다는 듯 눈을 비비기까지는 오래 걸리지 않았다.

느리고.

어설프며.

굼뜨다.

"진짜 더럽게 못하네."

보다 못한 케빈의 중얼거림에 다른 사람들도 동의하듯 고개를 끄덕였다.

그렇다.

제프는 프로선수의 움직임이라 치기엔, 기본기가 너무나 떨어졌다.

*　　　*　　　*

"냉정히 말해서, 우리 팀에 있는 꼬마들 정도네요."

제프의 플레이를 계속해서 지켜보던 이안이 냉혹한 평가를 내렸다.

그 말처럼.

차라리 리버풀의 유소년 팀에서 주목을 받는 녀석들이 나아 보일 정도였다.

'이런 녀석을 왜?'

데니스가 빠진 것은 좋았지만, 놈을 대신해 들어온 녀석이 이런 수준이라면 오히려 팀을 걱정해야 될 상황이었다. 어쩌면 그들이 데니스를 괴롭히고 있다는 개소리가 힘을 얻을지도 몰랐고.

그런 우려 섞인 시선과는 다르게.

원지석은 만족스럽다는 듯 고개를 끄덕이며 제프의 등을 두드려 주었다.

"고생했어."

"네, 네!"

제프는 크게 고개를 끄덕이면서도 슬쩍 주위를 둘러보았다. 어느새 잔뜩 몰린 사람들이 그를 뚫어지게 보니, 심리적인 부담감이 엄청났던 것이다.

"잠시 쉬면서 마사지하고 있어."

그 말을 남긴 원지석은 정리한 자료를 저장하며 발걸음을 옮겼다.

잔뜩 몰렸던 구경꾼들도 그제야 흩어졌고.

아까부터 표정이 좋지 못했던 대머리 코치는 그런 원지석에게 다가가며 심각한 얼굴로 물었다.

"정말 괜찮은 겁니까?"

많은 걸 함축한 질문이었다.

차라리 이게 농담이라는 답을 듣고 싶었던 걸지도 몰랐다.

그런 기대를.

원지석은 어깨를 으쓱이며 무너뜨렸다.

"괜찮네요. 오히려 기대보다 좋았고."

묘하게 얼굴이 밝더라니, 원지석은 더 나쁜 퍼포먼스를 예상했던 모양이었다. 그는 오히려 대머리 코치를 보며 고개를 갸웃거렸다.

"스벤의 자료는 모두 봤잖아요?"

"아니, 그래도."

영상으로 보는 것과, 직접 눈으로 볼 때 느껴진 감정의 차이는 컸다.

설마 이 정도일 줄 알았을까.

대머리 코치는 문득 케빈의 얼굴을 떠올렸다.

언제였지. 다 함께 모였던 술자리에서, 진지한 얼굴로 그런 말을 했었는데.

'내가 장담하는데, 원이 나보다 더한 놈이야.'

'뭔 소리를 하나 했더니……'

'진짜라니까. 너 대머리, 웃어?'

광인이라 불리던 그는 자기보다 미친놈이 원지석이라는 주장을 펼쳤다. 뒷담도 아니었다. 당사자인 원지석의 앞에서 그랬으니. 물론 발등을 밟히고서는 곧 조용해졌지만.

그때는 저 미친놈이 혼자 죽기 싫어서 저러는 건가 싶었음에도, 왜일까.

지금 그 말이 떠오른 것은.

오랫동안 호흡을 맞춰온 대머리 코치에게도, 지금의 원지석은 선뜻 이해가 가질 않았기 때문이다.

"원, 어쩌면 자신의 말을 어기게 될 수 있어요."

소속 팀에서의 활약을 중요하게 본다 말한 건, 다름 아닌 원지석 본인이다.

즉, 제프가 수준 이하의 퍼포먼스를 보여줄수록 압박의 화살은 보다 직접적으로 원지석을 노릴 터였다.

"거짓말을 할 생각은 없어요."

원지석은 묘한 미소를 지으며 대답했다.

"만약 내 예상이 틀리지 않았다면, 재미있는 걸 볼 수 있을 겁니다."

*　　　*　　　*

"반갑군. 그동안 잘 지냈나?"

유니폼으로 갈아입은 선수들이 훈련장에 모였고.

그들의 앞에 서서.

원지석은 입을 열었다.

"오늘 처음 본 녀석도 있겠지만, 서로를 알아볼 시간은 조금 미루기로 하지. 잡담은 밥 먹을 시간에 하더라도 늦지 않을 테니까."

밥 먹을 시간?

선수들은 고개를 갸웃거리면서도 다 함께 발을 맞추며 몸을 풀기 시작했다.

제프 역시 충분한 휴식을 취했는지, 낙오되지 않으며 체력적으로 괜찮은 모습을 보였다.

'이게 삼 사자 군단.'

녀석은 자신과 함께 뛰는 선수들을 보며 눈을 빛냈다. 꿈만 같았다. 항상 먼 곳에서나마 지켜보던 별들이, 이제는 이렇게나 가까이 있다니.

그들과 한 팀에서 뛰는 팀 동료.

아니, 동료는 맞겠지?

묘하게 싸늘한 시선에.

제프의 어깨는 점점 주눅 들어만 갔다.

"어디 아픈 사람 있나?"

원지석은 혹시 모를 부상을 점검한 뒤 본격적인 훈련 세션에 들어갔다.

때에 따라 그 순서가 바뀌긴 하지만.

오늘의 첫 훈련은 팀을 나누어 가벼운 미니 게임으로 시작되었다.

"팀을 정해주마."

색이 다른 조끼가 A팀과 B팀을 나누었다. 주전과 비주전이 아닌, 적절히 섞여 밸런스가 이루어진 팀 대결이었다.

"네가 우리 팀에 있어야 했는데."

붉은색 조끼를 받은 이안은 리암을 보며 아쉬움을 드러냈다. 그와는 달리 푸른색, 즉 B팀의 조끼를 입고 있었기 때문이다.

"어차피 실전에선 다 함께 뛰잖아?"

"그건 그렇지."

이안은 고개를 끄덕이면서도 한숨을 쉬었다.

지금까지 리암과 맞춰온 호흡이 퍽 마음에 든 모양이었다.

아니, 다른 것보다도.

그 제프랑 리암이 한 팀이라는 게 못내 아쉬웠다.

"저 새끼한테 골 먹히면 쪽팔린 거 알죠?"

"노력해 보지."

함께 붉은색 조끼를 입은 존 모건이 어깨를 으쓱였다. 그뿐만이 아니라 오른쪽 풀백인 윌킨스도 격하게 고개를 끄덕이는 걸 보니, 아까 있었던 훈련이 얼마나 충격적이었는지를 알려주는 단편적인 모습이었다.

"미안해. 나 같은 게 있어서."

"아니, 네가 미안할 게 뭐 있어."

리암은 쓴웃음을 지으며 제프를 달랬다.

생각보다 더 네거티브한 녀석이지 않은가.

"무엇보다 나는 감독님을 믿거든."

그가 기억하는 원지석은 괜한 일을 벌이는 사람이 아니다. 그랬기에 충격적인 모습에도 불구하고 원지석을, 제프를 믿을 수 있었다.

삐이익!

원지석이 분 휘슬과 함께.

미니 게임이 시작되었다.

경기는 전체적으로 붉은색 조끼, 즉 A팀의 우세 속에서 진행되었다.

상대적으로 중원의 퀄리티가 떨어진다지만, 그걸 만회하고도 남을 공격 전개는 계속해서 B팀의 수비진을 압박했다.

특히 풀백인 윌킨스는 활발한 측면 지원을 통해 이안과 좋은 호흡을 보여주었다.

"그에 반해서."

케빈은 B팀의 모습을 보며 마음에 들지 않는다는 듯 얼굴을 찌푸렸다.

중원에서의 빌드 업 자체는 나쁘지 않았다.

문제는 그 꼭짓점인 제프였지.

"대머리가 울 거 같은 얼굴로 왔던데."

"그래요?"

"이대로라면 재미있는 게 나오기도 전에 졸도해 버릴걸? 아, 나로서는 어느 쪽이든 즐거우니까."

제프의 공개 능욕 쇼나, 대머리 코치가 졸도하는 모습이나.

킬킬거리면서도 케빈은 퀭한 눈으로 제프에게서 눈을 떼지 않았다.

존 모건의 집중적인 압박으로 녀석의 존재감은 느껴지지 않을 정도였다.

'아무래도 꽝 같은데.'

케빈 역시 원지석이 의도하는 바를 모르는 게 아니었다. 단지 그 가능성에 회의감이 들었을 뿐. 부정적인 생각은 제프의 플레이를 볼수록 덩치를 키워가는 중이었다.

"히익!"

수비수들의 압박에 흠칫 놀란 제프가 멀찍이 몸을 피했다.

다른 것보다 저런 모습이 싫었던 걸지도 몰랐다. 뭐, 결국 판단은 감독의 몫이지만.

"그래서."

그는 원지석의 옆구리를 쿡 찌르며 채근했다. 뭔가 꿍꿍이가 있다면 이쯤에서 털어놓으라는 제스처였다.

"언제까지 지켜볼 생각이야?"

"슬슬 변화를 주긴 해야죠."

뭐, 이걸로 알고 싶었던 자료는 대강 얻어냈다. 다음 소집 때 변화가 있는지 기록을 비교하는 거면 몰라도, 이제는 다른 것을 알아볼 상황.

"리암!"

원지석은 리암을 부르며 가까이 오라는 손짓을 했다.

고개를 갸웃거리면서도 터치라인을 향해 다가간 녀석은 이윽고 귀를 기울였고.

새로운 지시를 듣고선 눈을 크게 떴다.

"정말요?"

"할 수 있겠어?"

"…해볼게요."

다시 한번 되묻는 감독의 말에, 머리를 긁적이던 리암은 결국 고개를 끄덕였다.

아무래도 잘못 들은 게 아닌 모양이었다.

그런 둘의 모습을 보며 존 모건은 무엇이 바뀔지 주의 깊게 B팀을 관찰했다.

'솔직히 말해서 쉽긴 한데.'

제프를 상대하는 건 존 모건으로선 어렵지 않은 일이었다. 리그에서도 노팅엄 포레스트과 맞붙으며 무실점을 이끌어냈으니까.

'골문 밖으로 몰아내기만 하면 돼.'

그러는 사이 B팀의 역습이 시작되었다.

공을 잡은 녀석은 리암으로, 그는 중원에서 패스를 돌리며 기회를 엿보았다.

상대로부터 압박이 붙어오면 다시 백패스를 했고.

끝까지 공을 빼앗기지 않는 모습에 A팀의 선수들이 얼굴을 찌푸렸다.

"재미없게."

"다 달려들어!"

실전이 아닌 가벼운 미니 게임이었기에, 그들은 좀 더 적극적인 압박에 나섰다.

결국 수비진들까지 라인을 올리며 B팀의 중원을 압박하려 하자, 리암은 지금이 기회라는 걸 깨달았다.

쾅!

높게 올려진 패스를 보며.

존 모건이 고개를 갸웃거렸다.

'어디다 주는 거야?'

저쪽으로 패스를 찔러봤자 받는 사람은 없을 텐데. 그런 생각을 하며 공을 따라 고개가 움직여진 순간, 존 모건의 눈이 크게 떠졌다.

언제 저기로 갔는지.

제프가 공을 쫓으며 움직이고 있었으니까.

"뭐야! 막아!"

존재감 없던 공격수가.

처음으로 그들의 머릿속에 큰 발자국을 찍었다.

A팀의 골키퍼가 나오는 것과 동시에 제프가 몸을 날렸고, 모

든 사람들이 그 모습을 멍하니 좇았다.

아닌 게 아니라.

픽!

정확히 안면에 꽂힌 공은 포물선을 그리며 골문 안쪽으로 튕겼고, 감아 찬 슈팅처럼 환상적인 궤적을 그렸다.

"크헥!"

공을 맞고선 쓰러지듯 주저앉은 제프가 욱신거리는 얼굴을 잡으며 눈을 떴다. 설마 빗나간 걸까 싶었지만, 골라인 안쪽에서 데구루루 굴러오는 공을 본 순간 그게 아니라는 걸 깨달았다.

골.

골이었다.

"휴우."

안도의 한숨과 함께 가슴을 쓸어내린 제프가 몸을 일으켰다.

그러면서 묘하게 가라앉은 분위기에 고개를 갸웃거리면서도, 쭈뼛쭈뼛 B팀의 진영을 향해 돌아왔다.

"잘했어!"

처음 반응한 것은 리암이었다. 리암은 환하게 웃으며 제프의 등을 두드려 주었고, 이내 다른 녀석들도 다가와 제프를 칭찬했다.

"좋은 패스였어."

"응? 아, 그래."

리암은 쓴웃음을 지으며 대답을 얼버무렸다.

그가 생각해도 조금 이상한 상황이었으니.

정확히는 원지석에게 잠깐 불렸을 때의 일이었다.

'재한테서 눈을 떼지 마. 적당한 순간이 오면, 그냥 제프가 있는 쪽을 향해 과감하게 찔러.'
'정말요?'
'그래. 아니면 그냥, 재 얼굴을 노리고 공을 차.'

실제로 그 뒷모습을 보며 롱패스를 찌른 것뿐이지만, 리암은 솔직히 말하는 대신 엄지를 들었다.
그 반대로.
훈훈한 B팀과 달리, A팀의 분위기는 좋지 못했다.
"대체 뭐 하는 겁니까? 수비 안 해요?"
"끙."
이안은 제프를 놓친 존 모건에게 핀잔을 주었다. 순간적으로 무슨 일이 있었는지 알지 못했던 그로서는, 수비진 쪽에서 실수를 했다고 판단한 모양이었다.
"시발, 이게 대체."
물론 존 모건으로서도 이 상황이 이해가 가지 않는 건 마찬가지였다.
대체 언제 저기까지 갔는가?
귀신이 곡할 노릇에.
그는 원지석을 바라보았다.
혹시 오프사이드가 아니냐는 눈빛을 본 원지석은 고개를 저었다.

"골 맞아. 여기 있는 모든 코치들이 봤으니까."

놀란 것은 선수들만이 아니었다.

케빈은 멍한 얼굴로 수염을 긁적였고.

방금까지 절망적인 얼굴로 경기를 지켜보던 대머리 코치는, 언제 그랬냐는 듯 눈을 반짝였으니까.

선수들은 몰라도.

터치라인에 있던 코치들은 달랐다.

그들은 제프의 움직임을 놓치지 않았다.

"조금 흥미롭네요."

아랫입술을 축인 대머리 코치가 제프의 뒷모습을 좇았다. 영상에서 보던 모습과 오늘 훈련에서 본 느낌이 다르듯, 실제 뛰는 모습을 보니 또 다른 느낌이 전해졌다.

분명 그 기본기가 평균 이하였음에도.

왜일까.

저 선수에게서 눈이 떨어지지 않은 것은.

묘한 매력이 있는 선수였다.

"아니, 재미있는 선수네요."

옛날 그 퍼거슨 경이 했던 말을 빌리자면.

녀석은, 오프사이드에서 태어난 녀석이었다.

61 ROUND

약

시간을 되돌려서.

리암이 패스를 올리기 전이었다.

수비 라인을 올렸다고 해도, 존 모건의 압박은 분명히 의심할 여지가 없었다. 뛰어난 압박에 제프의 존재감은 거의 없다시피 했으니까.

그러다 한 순간.

존 모건의 시선이 다른 곳을 살필 때였다.

제프의 움직임은 암살자처럼 은밀했고, 그 옆을 스르르 지나갔다.

오죽했으면 다른 B팀의 동료들까지 그 움직임을 눈치채지 못했을까. 리암 역시 감독인 원지석의 말마따나 제프에게서 눈을 떼지 않았기에 가능한 패스였다.

"본능인가."

케빈은 손가락으로 수염을 말듯이 비볐다.

지금까지 위치 선정에서 뛰어난 모습을 보인 선수는 많았다. 하지만 뭐랄까, 그들과 제프는 분명히 달랐다.

녀석은 겁을 먹은 것처럼 수비수들을 피하기 위해 라인 사이로 도망쳤고.

그게 끝내주는 위치 선정으로 변했다.

"녀석이 가진 특별함이죠."

원지석은 고개를 끄덕이며 그 의견에 힘을 실었다.

보통 이러한 재능을 타고나는 녀석들은 일반적으로 공격적인 본능이 뛰어난 녀석들이었다.

그런 녀석들과는 정반대로.

겁쟁이의 살아남기 위한 버둥거림은, 꽤나 신선한 느낌을 주었다.

"마냥 겁만 먹어선 여기까지 올라오지 못했을 테니까요."

재미있다고 한 부분이 거기였다. 실제로 녀석은 7부 리그에서부터 3부 리그까지 꾸준히 골을 적립하며 더 높은 무대에서도 자신을 증명했다.

프리미어리그에 비하면 수준이 낮을지 몰라도.

매번 더 높은 리그의 문을 두드리며, 다음으로 올라가는 것은 쉽지 않은 일이다.

그 도전 정신을 보더라도 흔한 겁쟁이는 아니었다.

원지석은 그 자료들을 모두 확인한 뒤 소집에 대한 마음을 굳혔다.

"이젠 저도 모르겠군요."

한숨을 쉬며 고개를 저은 것은 대머리 코치였다. 그로서는 오늘의 일이 어떤 미래를 불러올지 감히 예측할 수 없었다.

"뭐, 나는 재미있을 거 같으니 좋아."

이를 드러내며 씨익 웃은 케빈이 긍정적인 뜻을 드러냈다.

가능성이 낮은 도박이라 판단했지만.

버림 패로 생각했던 제프가, 판을 뒤흔들 카드로 바뀔 가능성이 생긴 것이다.

"대충 합의가 된 거 같고."

원지석은 코치들의 반응을 보며 고개를 끄덕였다. 때로는 말로 설명하는 것보다 직접 보여주는 게 더 효과적일 때가 있다.

물론 그걸 만드는 건 제프의 몫이었다.

실제로 오늘 미니 게임에서 자신의 특별함을 증명하지 않았다면, 이후에는 꽤나 힘든 일이 되었을 터다.

삐이익!

그렇게.

원지석의 휘슬과 함께 미니 게임이 끝났다.

선제 득점을 잘 지킨 B팀의 승리였다.

"이건 운이잖아요!"

어이가 없다는 듯이 따진 것은 이안이었다. 녀석은 자신이 골을 넣지 못한 것과 반대로 제프가 골을 넣자, 적잖이 자존심을 구긴 듯했다.

"운? 그게 어때서."

원지석은 시큰둥한 얼굴로 그런 이안을 가리켰다. 손가락 끝이 그의 발끝부터 몸 구석구석을 짚었다.

"발로, 머리로, 가슴으로, 엉덩이로 넣어도 상관없어. 손만 아니면 돼."

"아니, 그래도 방금은……"

"이안."

납득하지 못한 듯 이안은 불만스러운 얼굴로 뒷말을 흐렸다.

그런 녀석을 보며 피식 웃음을 터뜨린 원지석은 어깨를 두드려 주었다.

"명심해. 결국 준비된 녀석이 운을 잡는 거니까."

그건 원지석이라고 해서 다르지 않았다.

제프는 그가 준비한 카드였다.

궁극적으로 녀석은 주전이 아닌 이안의 백업, 혹은 파트너의 역할을 맡을 터였고.

삼 사자 군단의 암살자로 키워질 것이다.

"둘이 잘해봐."

이안은 그 말을 남기고선 떠나는 원지석의 뒷모습을 멍하니 바라보았다.

하여간.

저 인간도 정상은 아니구나.

　　　　＊　　　　　＊　　　　　＊

　그렇게 오전 훈련이 끝나고, 점심시간이 되었다.

　원지석의 부임 이후, 잉글랜드 대표 팀의 식단은 꽤나 괜찮아졌기에 이때를 기다리는 사람들도 많았지만.

　선수들은 오늘따라 불편한 얼굴로 밥을 먹는 중이었다.

　"왜 네가 여기 있냐?"

　"나라고 좋아서 있겠냐고."

　맨유의 선수와 으르렁거린 이안이 샐러드를 입에 가득 넣은 뒤 우물거렸다.

　어색했다.

　지금 이 테이블은 리그에서 먹살잡이를 했던 선수들이 함께 모여 있었으니까.

　특히 맨유 선수들의 눈초리가 곱지 못한 편이었는데, 그들의 중심이나 마찬가지였던 데니스가 빠짐으로써 분위기가 흉흉했기 때문이다.

　'체하겠네.'

　무심한 얼굴로 고기를 밀어 넣던 이안이 슬쩍 주변을 둘러보았다.

　다른 테이블 역시 상황은 비슷했다.

　그래서 왜 즐거운 식사 시간이 이렇게 되었는가.

　그건 조금 전의 일이었다.

'다 섞어.'

평소처럼 친한 이들과 자리에 앉으려던 선수들은 눈을 끔뻑였고, 감독인 원지석은 그런 그들을 강제로 나누며 어색한 식사 시간이 시작되었다.

"앞으로는 이렇게 한다."

심지어 이게 끝이 아니라니.

아까 식사 시간 운운한 게 이런 뜻이었나.

소화제를 사둬야겠다고 생각한 이안은 빠르게 음식을 해치웠다. 차라리 일찍 자리를 뜨는 게 낫겠다고 생각한 것이다.

"오히려 불화가 심해지는 건 아닐까요?"

그런 분위기에 앤디가 조심스레 입을 열었다.

옆에서 밥을 먹던 원지석은 무심히 어깨를 으쓱이며 호밀빵을 반으로 갈랐다.

"유대감을 높이는 가장 기본적이고, 쉬운 방법은 함께 밥을 먹는 거지."

잉글랜드의 고질적인 문제는 모래알 같은 팀이었다. 그런 녀석들을 하나로 만들기 위해 데니스라는 슈퍼스타까지 과감히 쳐낸 거고.

만약 이걸로도 효과를 보지 못한다면.

그때는 극약 처방을 꺼내는 수밖에.

"수갑을 한쪽씩 채운다면 괜찮아지지 않을까?"

"농담이죠?"

"지금은."

혀를 내미는 케빈을 보며 다른 코치들이 한숨을 쉬었다.

그렇게 선수들이 모르는 무시무시한 계획이 농담처럼 지나갈 때.

원지석은 그 이유를 설명했다.

"너희들이 가장 잘 알겠지만, 국가대표와 클럽축구는 다르지."

호밀빵에 버터를 바른 그가 나이프를 까딱거렸다.

애국심까지는 아니더라도.

잉글랜드를 대표할 선수들은, 적어도 그 무거움을 깨달아야 한다.

"사적인 감정을 여기까지 끌고 와선 안 되니까."

"뭐, 그렇죠."

킴이 고개를 끄덕였다.

그들이 현역으로 뛸 때는 그나마 괜찮은 편이었다. 사적으로도 사이가 나쁘지 않았기에 대부분의 선수들이 두루 어울렸으니.

"오후 훈련 세션은 그대로 할 건가요?"

"그렇지. 제임스, 너는 나를 따라오고."

"저요?"

스테이크를 우걱우걱 씹던 제임스가 눈을 끔뻑이면서도 고개를 끄덕였다.

그렇게.

어색하던 식사 시간이 끝나고, 오후 훈련이 시작되었다.

오전 훈련에는 미니 게임을 비롯한 팀 위주의 훈련을 했기에, 이번에는 주로 개인에게 맞춰진 일정이 주를 이루었다.

"제프."

"네, 네헷!"

혀가 꼬인 대답에 제프가 얼굴을 붉혔다.

무리도 아니었다. 눈앞에는 그 제임스가 있었으니까.

"제임스가 우상이라고 했던가?"

"그래요?"

제프는 작게 고개를 끄덕였다.

여기 잉글랜드 선수들 중 안 그런 사람이 있겠냐만.

제임스는 그가 어릴 때부터 항상 바라보던 선수였다.

배관공 일을 하던 시절에도 방에 걸린 제임스의 사진을 보며 힘을 냈었고, 그런 우상을 마주한 만큼 제프는 쉽게 정신을 차리지 못했다.

"뭘 좀 아는구나, 너."

그 말에 기분이 좋아졌는지, 제임스가 실실거리며 웃었다.

의도했던 대로 분위기가 부드러워지자 원지석은 본론을 꺼냈다.

"제임스, 네가 제프를 봐줘라."

"정말요?!"

반응이 터진 건 제프였다.

꼬리가 있었다면 격하게 흔들리지 않았을까. 녀석은 눈을 빛

내며 원지석을 바라보았고, 쏟아지는 눈빛이 부담스러웠는지
그는 시선을 피하며 말을 이었다.

"단순히 국가대표 일정만이 아니라, 스케줄만 맞는다면 둘이
따로 시간을 내는 게 좋을 거야."

"상관은 없는데… 뭘 가르치면 됩니까?"

굳이 자신을 튜터로 붙여줄 정도면 무슨 의도가 있지 않겠
는가.

그 물음에.

원지석은 가장 기본적인 것을 주지시켰다.

"퍼스트 터치. 핵심은 그거야."

"아, 뭔지 알겠네요."

제임스 역시 감을 잡았다는 듯 고개를 끄덕였다.

눈앞의 녀석은 기본기가 형편없었다. 다른 게 아니라 그들이
직접 확인했으니 틀림없는 사실이었다.

그걸 단기간에 끌어올리기는 무리고.

좀 더 효율적인 방법이 있다면.

슈팅.

첫 터치를 슈팅으로 하는 방법이.

*   *   *

며칠간의 합숙이 이어졌다.

하나 고무적인 게 있다면 선수단의 분위기라 할 수 있었다.

처음엔 어색하기만 했던 식사 자리도 조금씩 대화가 오갔고, 지금은 가벼운 잡담이 오갈 정도였다.

사교성이 없다시피 했던 제프에 관해서는 리암이 빛났다. 리암은 그 특유의 친화력으로 동료들과 어울리는 걸 도와주었고, 덕분에 적응은 순조로웠다.

"가자."

"으, 응."

이안의 말에 제프가 고개를 끄덕였다.

어색하고 불편하기만 했던 둘의 사이도 첫 만남보다는 개선된 편이었다.

다른 게 아니라.

둘은 같은 방을 쓰는 룸메이트였으니까.

더군다나 팀 훈련을 통해 직접적인 경쟁자가 아니라는 걸 알게 되자 분위기는 더욱 누그러워졌다.

"모두 다 온 건가?"

"네. 출발하죠."

잉글랜드 선수들을 태운 버스가 부드럽게 도로 위를 달렸다.

11월 A매치.

오늘은 그 첫 번째 경기가 열리는 날이었다.

"안필드라."

태블릿 PC를 확인하던 원지석이 안경을 고쳐 썼다.

오늘 경기는 리버풀의 홈인 안필드에서 열리며, 피로를 덜기 위해 일찍이 도착한 그들은 간단한 훈련을 통해 마지막 점검을 끝냈다.

손님으로 올 상대는 칠레였다.

남미의 강호 중 하나로 꼽히는 칠레였기에, 데니스가 빠진 잉글랜드가 어떨지 알아볼 좋은 기회이기도 했다.

"구단들이 요청한 목록은 봤지?"

"네."

케빈의 물음에 원지석은 태블릿에 새로운 화면을 띄웠다.

각 구단에서 보낸 요청으로.

이번 A매치에선 풀타임이 아닌, 45분만을 뛰게 해달라는 요구였다.

그중에는 이안이나 리암처럼 잉글랜드의 핵심이라 불릴 선수들이 포함되었고, 모든 요구를 들어준다면 전력에 적지 않은 누수가 생길 터.

'굳이 들어줄 의무는 없지만.'

원지석은 심드렁한 얼굴로 화면을 껐다.

요청은 말 그대로 요청일 뿐. 강제성은 없다.

뭐, 가급적이면 그들의 요구를 들어줄 생각이었지만.

오랫동안 클럽 감독으로서 일하며 그들의 심정을 이해하는 데다, 장기적으로 본다면 선수들의 컨디션을 유지하는 게 잉글랜드로서도 좋았다.

'곧 12월인가.'

지금까지와는 달리 이런 요구가 쏟아진 이유는 어렵지 않았다.

12월.

곧 잉글랜드에서 가장 바빠질 시간이 다가오기 때문이다.

안필드 앞에 도착한 버스에서 선수들이 내렸고, 원지석은 믹스트 존을 향해 걸었다.

"왔다."

"카메라 꺼내!"

미리 자리를 잡고 있던 기자들은 카메라 플래시를 터뜨리거나, 녹화를 시작하며 원지석의 모습을 화면 속에 담았다.

그렇게.

기자회견이 시작되었다.

처음은 무난한 질문과 대답이 이어졌다. 이게 간보기라는 걸 모르는 사람은 없을 터. 시작을 외친 것은 맨체스터 지역지의 기자였다.

"이번 소집 명단에 대해 논란이 가시질 않는데요. 이에 대해 인지하고 계신가요?"

"네. 충분히요."

"그렇다면 직접적으로 물어보겠습니다. 왜 데니스가 이번 소집 명단에 이름을 올리지 못한 거죠?"

예상했던 질문이자.

그만큼 까다로운 질문이었다.

원지석의 손가락 끝이 테이블을 두드렸다.

선택은 두 가지였다. 강행 돌파를 하느냐, 아니면 적당히 둘러대느냐.

무슨 대답을 하던 그 반동이 있게 마련.

"새로운 팀을 실험할 생각입니다."

"새로운 팀, 말입니까?"

그 대답에.

질문을 한 기자가 묘한 얼굴로 되물었다.

어쩌면 많은 것을 함축한 대답이었기 때문이다.

"그렇다면 데니스가 다시 복귀할 가능성도 있습니까?"

"글쎄요. 안 될 것도 없겠죠. 대신 큰 변화가 있어야겠지만."

천지가 개벽해서 원지석이 자신의 원칙을 깨거나, 데니스가 달라지거나 하기 전까지는 불가능한 일이지만 말이다.

어찌 됐든 원지석은 자신의 입장을 분명히 했고.

이는 기자들에게 분명히 전해졌다.

더 자세하게 캐물어볼 수도 있겠지만 원지석이란 감독은 그리 만만한 감독이 아니다. 혹여 자리를 박차고 나갈 명분을 줄지도 몰랐고.

그렇게 분위기가 정리되려는 순간.

"그렇다면."

한 기자가 입술을 축였다.

"또 다른 논란인 제프에 대해서 말입니다만."

아직 긴장된 분위기는 끝나지 않았다.

* * *

어찌 보면 그 질문은, 잉글랜드의 축구 팬들이 공통적으로 가진 의문일지도 몰랐다.

당연하지만.

노팅엄 포레스트의 무명 공격수가 느닷없이 대표 팀에 승선하리라곤 아무도 예상하지 못했을 테니까. 특히 리그에서의 활약이 다른 경쟁자들보다 부족하다는 게 문제였다.

과연 이 선수가 잉글랜드에 무슨 도움을 줄 수 있을지에 대한 회의감.

그리고 그런 녀석이 데니스라는, 나름대로 삼 사자 군단에서 중요한 역할을 해온 선수를 대체했다는 거부감이.

툭.

테이블을 두드리던 손가락이 멈췄다.

"현재 상황은 누구보다 감독인 제가 가장 잘 알고 있습니다. 그걸 감안하고 뽑았으며, 그에 대한 책임은 모두 저에게 있다는 점 역시 말이죠."

원지석은 그런 그들의 이목을 자신에게 집중시켰다.

제프의 유약한 성격을 생각한다면, 차라리 감독인 그가 모든 부담을 짊어지는 편이 나았다.

"간단한 이야기예요."

녀석은 자신에 대해 부정적이었던 코치들을 혼란시켰던 것처럼.

마찬가지로.

이번엔 잉글랜드의 국민들을 상대로 자신을 증명해야 한다.

"더 높은 레벨에서 자신을 증명하느냐, 못 하느냐."

더 거대한 클럽, 더 높은 권위의 대회에서 뛰는 선수들과의 경쟁은 제프에게 매우 고난한 일이 될 테지만, 그걸 이겨내지 못해서야 삼 사자 군단의 유니폼을 입을 수 있겠는가.

물론 고통뿐일 시련은 아니다.

껍질을 깨고 나오듯.

녀석에게 적지 않은 자극을 줄 테니까.

＊　　　　＊　　　　＊

기자회견을 끝낸 원지석은 라커 룸에 돌아왔다. 지금까지 안 필드를 찾은 횟수가 적지 않았음에도, 홈팀의 라커 룸에 들어선 건 꽤나 색다른 기분이었다.

'싸우지 않으면 올 일이 없었으니까.'

예전 일을 떠올리자 쓴웃음이 나왔다.

치열한 경쟁 관계는 때로 적지 않은 마찰을 만들었기 때문이다.

물론 대부분은 케빈을 말리기 위해서였지만, 가끔 그가 직접 나설 때는 묘하게도 기겁한 케빈의 모습을 볼 수 있었다.

"슬슬 시간인가."

손목의 시계를 확인한 원지석이 몸을 일으켰다. 동시에 자기만의 시간을 가지던 선수들이 보였다.

누군가는 눈을 감으며 집중력을 높였고.

누군가는 동료와 떠들며 긴장감을 풀었지만.

그중에서도 눈에 띄는 녀석이 있었다.

"잘해야 돼, 잘해야 돼, 잘해야 돼······."

창백한 얼굴로 혼잣말을 중얼거리는 제프를 보며 원지석은 안경을 고쳐 썼다. 그래도 무리 없이 훈련을 따라왔기에 괜찮을 줄 알았건만.

생각했던 것보다 상태가 심각했다.

"뭘 그렇게 굳어 있냐."

원지석은 그런 녀석의 등을 찰싹 때렸다.

어찌나 몸이 굳어 있었는지, 평소처럼 히익 하는 바람 새는 소리조차 나오지 않았다.

"만약 저 때문에 지기라도 하면······."

"왜 그렇게 부정적이야? 클럽에서 뛸 때도 그랬어?"

그 물음에 제프는 고개를 저었다.

하긴, 그랬으면 프로선수로서 뛰지 못했겠지만.

아무래도 지금은 국가대표 데뷔라는 상황을 눈앞에 뒀기에 더욱 그런 모양이었다.

"설마 벤치에서도 그러고 있을 거냐?"

문제는.

오늘 제프는 선발이 아닌, 벤치에서 경기를 시작한다는 거였다. 즉, 벌써부터 쓸데없는 고민으로 심력을 낭비하고 있다는 소리.

"모든 책임은 내가 진다. 아니면 동료들이 미덥지 못해서 그러나?"

"아, 아니요!"

"그렇다면 지금만이라도 편히 있어."

펄쩍 뛰는 제프의 머리를 헝큰 원지석이 발걸음을 옮겼다.

그 뒤를 선수들이 따랐으며, 이윽고 삼 사자 군단의 선수들은 터널을 빠져나와 그라운드로 향했다.

와아아아!

대표 팀의 등장에 안필드에 모여든 사람들이 소리를 질렀다.

그중에는 라이벌 클럽들의 팬들도 있겠지만, 오늘은 그런 것을 내려놓은 잉글랜드의 경기였다.

─또다시 돌아온 A매치, 그 첫 번째 경기입니다!

─남미의 강자인 칠레를 상대로 이번엔 어떤 모습을 보여줄지 기대가 되네요!

─네. 무엇보다 그런 논란이 있던 만큼, 잉글랜드나 원지석 감독에게나 매우 중요한 경기가 되었습니다.

중계 카메라가 피치 위에 서 있는 원지석의 모습을 잡았고, 다음으로는 제프의 모습이 잡혔다. 그 의도가 퍽 느껴지는 구도였다.

─먼저 잉글랜드의 라인업부터 보시죠.

─데니스가 빠지고선 이안을 중심으로 개편되었군요?

원지석은 지난번처럼 원톱 아래 두 명의 공격형미드필더를 두는 4321 전술을 꺼냈으며, 만약 이번에도 괜찮은 경기력을 보여준다면 큰 틀은 이대로 유지시킬 가능성이 높았다.

칠레는 쓰리백을 중심으로 수비를 단단하게 다졌고, 미드필더진에는 활동량이 많은 선수들을 배치하며 역습 콘셉트를 확고히 만들었다.

삐익!

휘슬 소리와 함께.

경기가 시작되었다.

—시작하자마자 강한 압박을 시도하는 칠레.

—하지만 잉글랜드도 쉽게 공을 빼앗기지 않습니다. 아, 말하는 순간 직접적인 패스를 연결하는 리암!

길게 올려진 공은 부드러운 포물선을 그리며 페널티에어리어를 향했다.

하지만 칠레의 센터백이 먼저 헤딩으로 걷어내는 데 성공했고, 다시 치열한 중원 싸움이 이어졌다.

"그쪽을 커버해!"

리암의 지시에 따라 그와 호흡을 맞춘 미드필더들이 고개를 끄덕였다.

오늘 중원을, 아니, 팀을 조율하는 이는 리암이었다.

특유의 친화력을 바탕으로 모든 선수들과 두루 어울렸기에 가능한 역할.

거기에는 선수단을 정리한 게 컸다. 원지석은 그러한 장점을 끌어내기 위해서, 일단 얼굴부터 찌푸릴 녀석들을 모두 쳐냈으니까.

—확실히 지난번보다는 나아진 호흡을 보여주네요.
—네. 복잡한 공격 전개 속에서도 안정적인 경기 운영입니다.

잉글랜드는 부드럽고 유기적인 팀플레이를 통해 칠레의 숨통을 조였다.

그게 효율적인 공격인지.

아니면 겉만 그럴듯한 개살구인지는 지금부터 확인해야겠지만 말이다.

"리암!"

그때 두 명의 공격형미드필더 중 하나가 손을 들며 소리쳤다. 늦지 않게 패스를 받은 두 명의 공격형미드필더는 서로 공을 주고받으며 칠레의 수비진을 휘저었다.

거기에.

중원에 있던 리암마저 올라오며 가세하는 모습은 역삼각형의 형태를 띠었다.

공격 시에는 두 명의 공격형미드필더와 호흡을 맞추며 역삼각형이 이루어지고.

점유율을 높일 때나, 역습에 대비를 할 때는 중앙미드필더들과 호흡을 맞추며 정삼각형이 만들어진다.

리암은 그 두 진영을 연결했고.

전체적인 모습은 흡사 모래시계를 떠올리게 했다.

─크리스마스트리라 불리는 일반적인 4321 전술과는 차이점이 있군요.

─아직 완벽히 녹아들진 않았지만, 지금까지의 경기력은 괜찮은 편이네요. 오히려 이전보다 나아진 부분도 있기에 앞으로의 모습이 기대가 됩니다.

그러는 순간, 날카로운 패스를 받은 이안이 드리블로 수비수를 따돌리며 슈팅을 때렸다.

쾅!

센터백의 가랑이 사이로 빠진 슈팅은 골키퍼의 눈을 속였고, 결국 역방향이 걸리며 막지 못했다.

와아아아!

멋진 골과 함께 안필드가 함성으로 뒤덮였다. 경기 전부터 이런저런 논란이 있었기에 큰 기대는 하지 않았지만, 생각보다 뛰어난 경기력을 보여주자 감탄을 이끌어낸 것이다.

이안 역시 안필드에서 골을 넣어 기뻤는지 관중석까지 달려가 셀레브레이션을 펼쳤다.

'결국 내 손에 달린 일이야.'

원지석은 이안의 골에 박수를 치며 생각했다.

만약 여기서 더 나은 모습을 보여준다면.

그때는 사람들의 머릿속에 있는, 데니스라는 트러블 메이커를 지우는 것도 가능할 터였다.

"잘하네."

"그러게요."

"나만큼은 아니지만."

또 무슨 생각을 하는지 불길한 미소를 짓는 케빈과, 순수하게 감탄하는 앤디, 입을 삐죽인 제임스가 차례대로 말을 이어받았다.

확실히 이안의 움직임은 어느 때보다 좋아 보였다.

지금까지는 데니스와 불협화음을 보여주다, 이제 자신에게 집중된 판이 짜여지니 물 만난 고기가 된 것이다.

'그래서 우리 배관공 씨는.'

제임스가 자신의 옆에 앉은 제프에게로 시선을 돌렸다.

혹여 절망에 빠진 건 아닐까 싶었는데.

지금은 진지한 얼굴로 그라운드에서 눈을 떼지 않았다.

'마냥 겁쟁이는 아니라는 건가.'

괜히 기특해진 제임스는 녀석의 등을 두드리며 씨익 웃었다. 정작 당사자는 무슨 문제가 있나 싶어 떨리는 눈으로 주위를 살폈지만.

"걱정하지 마. 나한테 배우면 저런 놈보다 더 잘하게 될 거야."

"네?"

"잘해보자고."

"아, 네!"

영문 모를 대화가 오가는 사이.

삐이익!

주심은 전반전 종료를 알리는 휘슬을 불었다.

"모두 잘했지만, 아직은 부족하다."

원지석은 라커 룸에 돌아온 선수들을 칭찬하면서도 자만심을 경계했다.

선수들, 때로는 선수 한 명 한 명에게 개선해야 될 부분을 알려준 그가 손뼉을 한 번 치고선 분위기를 환기시켰다.

"후반전에선 예고한 대로 교체가 이루어질 거다."

45분만을 뛰게 해달라는 구단의 요청들은 선수들 역시 알고 있는 사항이었다.

먼저.

리암이 빠진 자리에는 측면미드필더가 들어갔으며, 뒤이어 추가적인 이름이 언급되었다.

그리고 마지막으로는.

이안의 이름이 불렸다.

"이안이 빠진 자리에는."

원지석의 시선에 제프는 침을 꿀꺽 삼켰다.

"제프, 준비해."

마침내.

녀석의 차례였다.

*　　　　*　　　　*

―잉글랜드와 칠레의 경기, 그 후반전!
―현재 1 : 0으로 앞서 나가고 있는 잉글랜드입니다.
―양 팀 모두 선수교체를 알리는군요?

공교롭게도 잉글랜드와 칠레는 후반전에 들어가기 앞서 선수
교체를 알렸다.

칠레 역시 유럽에서 활약하는 선수가 많았기에 같은 요청을
받았거나, 혹은 감독의 노림수일지도 모르는 일이었다.

―적지 않은 선수가 교체되네요.
―그리고… 제프! 제프가 들어옵니다!

순간적으로 사람들 사이에서 소요가 일어났다. 터치라인에
서서 들어가길 기다리는 선수는, 다름 아닌 그 제프였으니까.

"후우."

제프는 괜스레 가슴에 손을 올렸다.

혹여 사람들에게 들리는 건 아닐까 싶을 정도로, 미친 듯이
뛰는 심장의 박동이 느껴졌다.

그럴 만도 했다.

꿈에서마저 상상할 수 없었던, 잉글랜드 국가대표로서의 데뷔.

살짝 볼을 꼬집었지만 꿈이 아니다.

동시에 엄청난 부담감이 제프를 짓눌렀다. 이 안필드를 가득 채운 관중들이 자신만을 주목하고, 저주를 퍼붓는 것만 같았기 때문이다.

―제프 선수는 위치 선정에서 아주 뛰어난 모습을 보이는 공격수거든요?

―과연 칠레의 쓰리백을 상대로, 어떤 퍼포먼스를 보여줄지.

다른 스타 선수들에 비해선 무명에 가까운 제프였기에, 중계진이 가벼운 설명을 하는 사이.

긴장한 제프에게 원지석이 다가왔다.

"감독님."

"제프, 내가 한 말은 모두 기억하고 있겠지?"

"네."

"그렇다면 나를 믿니?"

제프는 고개를 끄덕였다.

원지석은 그런 겁쟁이를 보며 웃었다.

"너는 네 생각보다 더 특별한 놈이야."

그 말에 제프는 동감하지 못하겠다는 듯 고개를 갸웃거렸다.

어째서 나 같은 놈이 특별하다는 걸까.

하지만 대화를 나누기에는 시간이 그리 많지 않았다. 이제 슬슬 들어갈 시간이었으니.

"가볼게요."

제프는 다시 한번 가슴에 손을 올렸다.

터질 것처럼 뛰던 박동이 조금은 잠잠해졌다.

신기한 일이었다.

누군가에게 특별하다는 말을 듣는 것만으로, 심리적인 압박 감이 덜해졌다니.

"후욱."

긴 숨을 내쉰 제프가 걸음을 내디뎠다.

후반전.

동시에 한 선수의 데뷔를 알리는 휘슬이 길게 울렸다.

*   *   *

"이안은?"

"이안이 나간 거야?"

"리암까지 교체된 거 같은데?"

"대체 왜?"

모든 사람들이 출전 시간에 대한 요청을 알진 못한 듯.

교체되는 선수들을 보며 안필드에 작은 소란이 일었다.

후반전과 함께 스타 선수들이 빠졌고, 그 자리를 대신한 이 들은 상대적으로 명성이 떨어졌기 때문이다.

"제프잖아."

"노팅엄 포레스트의 선수가 국가대표 데뷔를 한다고!"

물론 모든 사람들이 그들을 모르진 않았다.

오늘은 프리미어리그가 아닌, 잉글랜드의 경기였으니까.

해당 클럽의 팬들은 그들의 선수가 삼 사자 군단의 유니폼을 입은 모습을 보며 박수를 보냈다.

"다들 감독님 지시는 들었지? 우리가 공을 줄 곳은 한 곳뿐이야!"

교체되지 않고 자리를 지킨 존 모건이 동료들에게 감독의 지시를 다시 한번 주지시켰다.

존 모건의 경우에는 구단으로부터 별다른 요청이 없었는데, 아무래도 에버튼의 입장에서는 이름값을 올리는 게 더 낫다고 판단한 모양이었다.

팀에 국가대표 주전급의 선수가 있다는 건 곧 위상으로 이어졌고.

또 저니맨인 그가 언제 떠날지 모르는 만큼, 그래야 적당한 값을 받을 테니까.

─잉글랜드의 움직임이 달라졌네요?

─핵심 선수들이 빠진 것과 맞물리며 플랜 B를 실험하는 거 같군요.

기존의 틀은 그대로였지만.

세부적인 전술에선 차이가 느껴졌다.

상황에 따라선 451에 가까운 형태가 되었으며, 좀 더 엉덩이를 내린 역습 전술.

사실 이런 변화엔 리암의 부재가 컸다.

2선과 3선을 이어주며 연결 고리 역할을 하던 녀석이 빠졌으니, 같은 전술을 고집하기엔 무리가 있었다.

─그에 반해 칠레는 공격적인 변화를 주었습니다.

─쓰리백에서 포백으로 변하며 대신 공격수 한 명을 더 투입했군요. 전반전과는 그 양상이 반대가 될 가능성이 커요.

중계진의 예측처럼.

칠레는 친선전인 만큼 과감한 공격을 시도했으며, 반대로 잉글랜드는 소극적인 자세를 취했다.

이 정반대의 상황에 얼굴을 찌푸리는 관중들도 적지 않을 정도였다.

"무슨 공격을 못 하네."

"데니스가 없어서 그래."

"아까 졸았냐? 데니스 없이 잘만 두들겨 팼는데."

전반전에 워낙 좋은 경기력을 보여줬기 때문일까.

생각보다 데니스의 이름을 외치는 이들은 적은 편이었다. 어쩌면 그가 지금까지 일으킨 트러블에 그만큼 많은 염증을 느낀 걸지 몰랐고.

핵심은 데니스가 없을 때의 경기력이다.

그 경기력이 충분하다면.

데니스에 관한 그리움은 빠르게 잊힐 터였다.

―아! 또다시 가로막히는 패스!

―좀처럼 기회가 나오질 않는군요!

잉글랜드의 패스가 다시 한번 막혔다.

상대의 강한 압박에 두 명의 공격형미드필더가 이렇다 할 기회를 만들지 못한 것이다.

만약 이안이었다면 스스로 상황을 주도했겠지만, 제프는 그럴 능력도 없는 데다 그런 유형의 선수가 아니다.

"그대로 있을 수는 없지."

벤치에 앉아 무언가를 메모하던 원지석이 몸을 일으켰다.

터치라인 위에 선 그는 누군가를 가리키며 소리쳤다.

"윌킨스!"

오늘 오른쪽 풀백으로 나온 윌킨스였다.

윌킨스는 서둘러 터치라인을 향해 뛰었으며, 원지석은 한 손으로 입가를 가리고선 새로운 지시를 내렸다.

"네가 오른쪽에서 활개를 쳐야 돼. 다른 녀석들한테는 너한테 움직임을 맞춰달라 하고, 기회가 생긴다면 제프에게 크로스를 찔러. 할 수 있겠지?"

"네!"

"좋은 대답이야. 다른 녀석들한테도 알려!"

곧 그라운드에 복귀한 윌킨스가 변경된 지시를 선수들에게 알렸다.

미드필더들은 고개를 끄덕였으며,

제프에게는 이 말을 남겼다.

"너는 그대로만 하래!"

별다른 모습을 보여주지 못해 쭈뼛거리던 녀석은 그 말에 마음을 다잡았다.

시간은 73분.

슬슬 후반전도 절반을 가까이 달렸지만, 적지 않은 교체 덕분에 체력적인 여파는 심하지 않은 상황.

칠레는 추가적으로 공격수를 투입하며 공격의 무게를 더했다. 그럼에도 제대로 된 유효슈팅조차 때리지 못한 건 잉글랜드의 수비가 좋았기 때문이다.

─다시 한번 공을 끊어내는 존 모건! 아주 좋은 수비예요!
─이 정도 퍼포먼스라면 대표 팀에서의 입지는 걱정할 필요가 없겠습니다!

존 모건은 오늘 안필드에 모인 사람들만이 아니라, 중계를 보는 사람들에게도 깊은 인상을 남겼다.

어쩌면 가장 좋아하고 있을 곳은 그의 구단인 에버튼일지도 몰랐다.

그들의 바람대로 이름을 알리는 데에는 더할 나위 없을 경기였으니까.

"모두 움직여!"

공을 탈취한 존 모건이 측면으로 공을 길게 찔렀다. 그걸 길게 터치한 윌킨스가 터치라인을 따라 달리기 시작했고, 미드필더들 역시 패스를 받기 좋게 움직였다.

'제프는 어디 있지?'

그들은 그러면서도 최전방을 흘끗흘끗 보았다.

훈련을 할 때마다.

원지석이 끊임없이 말했던 그것.

'동료인 너희들이 제프의 움직임을 놓쳐서는 안 된다.'

그 순간.

제프는 수비 라인 주변을 서성이고 있었다.

칠레의 센터백들은 그에 대해 큰 신경을 쓰지 않았는데, 아이러니하게도 분석할 자료가 없다는 게 도움이 된 것이다.

프리미어리그에서의 자료를 뒤져도.

결국 운 좋게 골을 넣은 공격수일 뿐이니까.

─윌킨스가 높은 크로스를 올리네요.

─하지만 받을 선수가 없, 아! 이게 뭔가요!

─제프! 제프가 공을 향해 달리고 있어요!

"뭐? 언제 저기까지 간 거야?"

"이건 오프사이드잖아!"

순간적으로 제프를 놓친 칠레의 선수들이 부심을 바라보았지만 깃발은 올라가지 않았다.

─경기는 멈추지 않고 계속 진행됩니다!

그건 제프로서 또 하나의 호재였다.

허겁지겁 뒤를 쫓아도 모자랄 판에, 멀뚱히 손을 들고 시간을 낭비하다니.

뒤늦게 추격을 시작했지만 너무 늦어버렸고.

이제 골키퍼 한 명만이 남은 상황.

떨어지는 패스 역시 보통이라면 받을 사람 없는 눈먼 공이지만, 지금만큼은 환상적인 패스나 다름없다.

"제길!"

결국 홀로 남은 칠레의 골키퍼가 골문을 박찼다. 여유롭게 일대일 슈팅 찬스를 내주는 것보다 차라리 헤딩 경합이 낫겠다고 판단한 것이다.

그런 골키퍼를 보며 제프는 숨을 깊게 마셨다.

원터치.

요 며칠간, 우상인 제임스에게 가르침을 받은 그것.

'슈팅을 할 때는 어디를 차는지 똑바로 봐. 앤디? 개는 사기꾼이라니까.'

일단 걸음마부터 시작하자던 제임스의 말이 머릿속을 스쳤다.

며칠간의 슈팅 연습.

정말 미친 듯이 공을 찼다.

생각처럼 그리 단순한 훈련은 아니었다. 제임스가 만족할 만한 슈팅이 아니라면 횟수로 인정되지 않았으니까.

그럼에도 가끔씩 터진 슈팅은 제프가 스스로도 놀랄 만한 결과를 가져왔다.

이게 세계 최고라 불렸던 제임스의 기술.

악마의 슈팅.

솔직히 말하자면 아직 갈 길이 멀었다. 무언가 잡을 듯 말듯 아리송한 느낌뿐이었으니까.

그래도 그 느낌을 되살려 보자면.

'지금!'

눈을 빛낸 제프가 슈팅 자세를 취하고선 다리를 들었다. 결국 칠레의 골키퍼도 먼저 공을 뺏는 걸 포기하며 태클을 준비했다.

─제프으으으!

─슈우웃!

안필드에 모인 팬들이 모두 일어나 그 모습을 바라보았다.

어쩌면.

전설이 탄생할지도 모를 순간을 놓치지 않기 위해.

"아."

그리고 절망을 담은 단말마와 함께.

발은 허공을 휘저었다.

―이게 뭔가요! 헛발질! 헛발질입니다!

―하하! 골키퍼마저 깜짝 속았군요. 제프로서는 정말 아쉽……?!

어이가 없다는 듯 헛웃음을 터뜨리던 중계진이 순간적으로 할 말을 잊었다. 아니, 그들만이 아니라 안필드, 중계를 보고 있는 사람들 모두가 마찬가지였다.

분명 헛발질을 했을 터인데.

어째서인지 공은 칠레의 골문을 향해 날아가고 있었으니까.

"시발, 이게 무슨!"

슬라이딩태클을 한 골키퍼 역시 멍하니 그 공의 궤적을 좇았다. 그러다가 뒤늦게 정신을 차리고선 재빨리 공을 향해 달렸지만.

―으아아아!

―고, 고오오올! 하지만 이게 대체 무슨 일이죠? 무슨 일이 일어난 건가요?

상황을 이해하지 못한 건 중계진들 역시 마찬가지였다.
결국 그들은 리플레이를 확인하며 방금 있었던 장면을 되감았다.

―여기서부터군요.
―확실히 오프사이드는 아닙니다. 감탄이 나올 움직임이네요.
―네. 환상적인 라인 브레이킹 이후, 그리고 여기. 슈팅을 하는 장면.

분명 맨 처음 슈팅은 헛발질을 한 게 맞았다.
오른쪽 발을 스치며 떨어지던 공은 그대로 땅을 향해 떨어졌고.
하필이면.
왼쪽 무릎에 맞고선 튕기듯이 날아올랐으니까.

―하하하! 이게 뭔가요!
―어찌 됐든 골은 골입니다. 놀라운 데뷔골을 신고하는 제프 해리스!

와아아!

전광판을 통해 리플레이를 확인한 안필드의 관중들 역시 극적인 추가골에 소리를 질렀다.

다만, 골의 주인공인 제프는 잔디에 얼굴을 묻고선 고개를 들지 못하고 있었다.

"죽고 싶어……."

온 국민이 보는 경기에서.

그것도 절호의 찬스를 헛발질로 낭비했다는 수치심이 그를 짓눌렀다. 부끄러움으로 사람이 죽는다면 오늘 그게 가능할 정도로.

뒤늦게 동료들이 다가와 위로 섞인 축하를 했음에도 제프의 절망은 쉬이 가시지 않았다.

"야! 뭘 그렇게 있냐! 결국 네 몸을 맞고 골을 넣었잖아!"

"이대로 죽게 내버려 둬요……."

"진짜 네거티브하네!"

결국 존 모건이 제프를 번쩍 들어 올리자, 울상인 얼굴이 카메라를 통해 그대로 전해졌다.

그렇게 우울한 셀레브레이션이 끝나고.

다시 자리를 잡은 칠레의 선수들은 제프의 눈을 보고선 흠칫 놀랐다.

독기에 가득 찬 눈이라?

아니, 그런 종류가 아니다.

썩은 동태처럼 동공이 탁해진 눈은, 상상 이상의 불길함을 내포하고 있었다.

"시발, 어제 먹은 기괴한 음식이 떠오르는군."

어떤 칠레 선수는 숙소 근처에서 먹었던 정어리 파이를 떠올렸다. 무언가 저주 의식인가 싶었던 음식. 그 느낌을 사람에게서 느끼다니.

삐이익!

결국 이후의 경기는 더 이상의 변화 없이 그대로 유지되며 휘슬이 울리게 되었다.

꽤나 센세이셔널하다면 센세이셔널한.

기묘한 데뷔골을 남기고선 말이다.

「[BBC] 7부 리그에서 삼 사자 군단까지!」

「[스카이스포츠] 제프, 두 눈을 의심하게 만들다!」

언론의 평가는 극과 극으로 나뉘었다.

과정이야 그렇다 쳐도 결국 뛰어난 위치 선정으로 골을 만들었다는 쪽과, 골은 넣었지만 그 과정이 형편없었다는 쪽으로.

쥐새끼 제프.

그를 싫어하는 언론들이 붙여준 또 하나의 별명.

처음에는 그다지 알려지지 않았던 멸칭이었지만, 그다음에 있었던 경기에서 형편없는 움직임을 보여주자 더욱 많은 언론이 쓰게 되었다.

"쥐새끼라도 골 넣는 쥐새끼라면 환영이야."

―감독님!

원지석의 칭찬에 제프의 비명 같은 소리가 스피커를 통해 울렸다.

제프가 전화를 한 이유는 그리 어렵지 않게 추측할 수 있었다. 바로 어제 있었던 일 때문이겠지.

칠레전이 끝나고 며칠 뒤에 있었던 경기에서 제프는 이안과 투톱을 맞췄고, 부진한 퍼포먼스 끝에 언론으로부터 조롱을 당하게 되었다.

중요한 건.

녀석은 그 경기에서 어시스트를 기록했다는 거다.

그 모양새가 영 우스꽝스러웠지만, 투톱에서도 분명한 가능성을 보여줬다.

"뭘 그렇게 주눅 들어 있어? 지금 너를 놀리는 기사들 때문에?"

―솔직히 말하면, 그것도 있고요.

"제프. 내가 한 인터뷰를 봤지? 그것처럼 간단한 거야. 쥐새끼는 두 경기에서 자신을 증명했고, 나는 그 쥐새끼에게 매력을 느꼈다는 거지."

축구 더럽게 하네, 야비하게 하네.

그런 말은 때로 최고의 칭찬이 될 수 있다.

원지석은 가능하면 그가 수비수에게 가장 짜증 나는 공격수가 되어줬으면 싶었다.

"3월."

11월 A매치가 끝났고.

다음 A매치는 3월이었다.

시즌의 막바지이며, 유로를 준비하기 위한 첫 워밍업.

"그때까지 너만의 매력을 갈고닦아. 그러면 네 자리는 그대로 있을 테니까."

—…알겠습니다.

"그리고."

잠시 뜸을 들인 원지석이 피식 웃음을 터뜨리며 말을 이었다.

"이번에는 잘했어."

—네, 네!

그렇게 전화가 끊어졌다.

잠시 등을 기대며 말없이 생각에 잠겼던 원지석이 선반을 뒤적거렸다.

작은 약통.

그것을 꺼내고선 뚜껑을 열었지만.

"음?"

텅 빈 느낌에 그는 얼굴을 찌푸렸다.

혹시나 싶었지만 역시나.

그 속은 텅 비어 있었다.

"후우."

피곤한 한숨과 함께.

넋두리 같은 말이 사무실을 맴돌았다.

"슬슬 병원에 가볼 때인가."

                    *   *   *

차 한 대가 도로 위를 부드럽게 달렸다.

신호에 멈춰 선 원지석은 창밖을 바라보았다.

슬슬 퇴근 시간이라서 그런지, 하나둘씩 도로에 합류하는 차들이 보였다.

"흠."

그 광경을 멍하니 보던 사이에 신호가 바뀌었다.

원지석은 그런 그들과는 다른 곳을 향하며, 도심에서 점점 멀어져만 갔다.

마침내 도착한 곳은 작은 병원이었다.

한적한 주차장에 차를 세운 그는 옷매무새를 가볍게 가다듬고선 발걸음을 옮겼다.

딸랑.

문에 걸린 종이 작게 흔들렸다.

동시에 접수처에 있던 늙은 간호사가 고개를 들었다.

"원 감독님!"

"안녕하세요. 오랜만이죠?"

"그러게요."

피식 웃은 그녀가 키보드를 두드렸다. 어제 예약을 해둔 그의 이름이 나왔다.

"조금 기다릴까요?"

"아니요. 들어가세요. 그이도 기다리고 있을 거예요."

원지석은 고개를 끄덕이고선 진료실을 향했다. 낡지만 먼지 하나 없이 깨끗한 문. 지금까지 몇 번이고 드나들었던 만큼, 이제는 익숙함마저 느껴졌다.

똑똑.

가벼운 노크를 한 그가 문을 열었다.

"오셨군요."

늙은 의사가 작은 미소와 함께 원지석을 반겼다.

"휴일에 귀찮게 해서 죄송합니다."

"뭘요. 주치의란 직책을 괜히 달고 있는 게 아니니까요."

쓴웃음을 짓는 원지석을 보며 노인은 만년필을 꺼냈다. 펼쳐진 종이에는 지금까지의 자료가 빼곡히 적혀 있었다.

주치의.

그 말처럼.

노인은 원지석이 첼시 코치 시절부터 신세를 졌던 의사였다. 당시엔 굉장히 큰 병원에서 일했지만, 지금은 사실상 은퇴하며 작은 병원을 운영 중이었고.

"부인분한테 죄송하네요."

부인이란 접수처의 간호사를 뜻했다.

이 병원은 노부부가 운영하는 곳이니까.

그들의 휴식을 방해하면서까지 급히 예약을 한 이유는, 꼭 필요한 약이 있기 때문이다.

그 중요성을 알기에 늙은 주치의는 기꺼이 병원의 문을 열어 주었고.

"바쁘셨나 봅니다."

보통 원지석은 약이 떨어지기 전에 병원을 찾았다. 이렇게 갑작스레 오는 경우가 드물 정도로.

가끔 그런 경우가 있다면, 남은 약을 확인하기 어려울 정도로 바쁘다거나.

원지석은 멋쩍은 듯 입가를 쓸었다.

"조금 그랬네요."

"후후, 며칠 전에 있었던 경기는 저도 보았습니다. 여러 가지로 복잡하실 거 같더군요."

굳이 경기를 보지 않더라도, 신문이나 방송에서 매일같이 떠들어대니 모를 수가 없었다. 주치의인 그로서는 가급적 스트레스를 피했으면 좋겠지만, 그게 어디 말처럼 쉬울까.

"그렇지."

무언가를 끄적거리던 늙은 의사가 잠시 만년필을 멈추었다.

"이왕 이렇게 된 거 오늘은 약만 받는 게 아니라, 간만에 검사까지 해보시지 않겠습니까?"

의견을 물었지만.

반론은 받지 않겠다는 뉘앙스가 풍겼다.

*   *   *

검사를 끝낸 원지석이 와이셔츠 소매의 단추를 잠그며 한숨을 쉬었다.

딱히 아프다거나 하진 않았지만, 꽤나 긴 시간을 소모하는 일이었기에 심리적인 피로감이 누적되었다.

"최근에 스트레스가 심하셨나 봅니다?"

늙은 의사가 머그 컵 두 개 중 하나를 내밀었다.

원지석의 취향에 맞춘 티백이었다.

그걸 받아 든 원지석은 머릿속에 떠오른 데니스의 모습을 지우며 어깨를 으쓱였다.

"어느 일이 안 그렇겠냐만, 이 일을 하면서 스트레스가 없을 수가 없죠."

"그래도 제가 할 말은 딱히 다르지 않다는 게 유감이군요. 심각하진 않은데, 전에 검사했던 것보다 좋진 않아요."

원지석은 조용히 수긍하며 주치의의 말을 계속해서 들었다.

눈앞의 노인은, 그의 몸에 관해서 그 자신보다 잘 알고 있는 사람이었으니까.

문득 노인을 처음 만났을 때가 떠올랐다.

노인의 주름이 지금처럼 깊지 않았을 시절.

그는 첼시에서 코치 업무를 수행하던 애송이였다.

이유 모를 통증에 여러 병원을 돌아다니면서도 별다른 소득이 없던 때에, 마지막으로 갔던 병원에서 노인이 했던 말은 지금도 생생하다.

'당신, 곧 죽을지도 몰라요.'

'네?'

그가 말하길.

가족력.

아버지가 젊은 나이에 세상을 떠난 것도 그런 이유였다.

당시에는 꽤나 심란하기도 했다. 아버지가 남긴 병에 슬퍼하기도, 원망하기도 했고.

물론 기술이 발전한 지금은 완치에 가깝지만, 당시엔 언제 터질지 모르는 시한폭탄을 몸속에 품은 기분이었다. 갑작스레 첼시의 코치직을 그만둔 것도 그런 이유였으니까.

"다행히도 위험한 수준까지는 아니네요."

모든 결과를 확인한 늙은 주치의가 고개를 끄덕이며 처방전을 준비했다.

그나마 다행인 건.

딸인 엘리는 어릴 때 치료를 받으며 일찍이 그럴 가능성을 제거했다는 거였다. 막상 딸아이는 무슨 치료인지를 이해하지 못했지만.

"이제 남은 건 그녀가 처리해 줄 겁니다. 괜히 귀찮게 해서 죄송하군요."

"뭘요. 휴일에 귀찮게 한 제가 더 죄송하죠."

원지석은 코트 안쪽 주머니에서 무언가를 꺼냈다.

레이스가 수놓아진 고급스러운 봉투였다.

그게 어떤 물건인지를 눈치챘는지, 늙은 주치의는 눈을 크게 떴다.

"부인이 기뻐하겠군요."

"그렇다면야 캐서린도 기뻐해 줄 겁니다."

봉투 속에는 상품권이 들어 있었다.

원지석의 부인인 캐서린이 운영하는 의류 브랜드로, 지금은 꽤나 큰 인기를 끌며 안정적으로 자리를 잡는 데 성공한 곳이었다.

또한.

접수처에 있을 그녀가 매우 좋아하는 브랜드였고.

노인은 자신을 신경 써준 선물에 작은 미소를 지었다.

"주치의로서, 당신의 팬으로서 이런 말을 하기엔 슬프지만, 자신을 혹사시키지 마십시오. 그럴 경우엔 어떤 약도 소용이 없으니까요."

"…명심하겠습니다."

병원에서의 모든 일을 마친 원지석이 차에 올라탔다.

제법 어두워진 시간.

복잡한 러시아워도 끝날 시간이었기에 도로는 여유로웠다.

오래 걸리지 않아 집에 도착한 원지석이 약통을 꺼냈다. 포장을 대충 뜯고, 알약 하나를 물과 함께 삼킨 그가 한숨을 쉬며 차에서 내렸다.

계단을 오르고.

문을 연 순간.

그는 손에 머그 컵을 들고 있는 엘리를 마주쳤다.

막 방에 들어가려던 걸까, 아니면 차 소리를 듣고선 아빠를 마중 나온 걸까.

후자라면 좋겠지만.

딸아이는 뚱한 얼굴로 입을 열었다.

"늦었네?"

"조금 늦었구나. 밥은 먹었니?"

"응. 그런데."

엘리는 아버지의 얼굴을 보며 고개를 갸웃거렸다. 평소와는 무언가 다른 기색이 느껴졌기 때문이다.

"무슨 일 있어?"

거기까지 말한 그녀는 괜히 볼을 긁적였다.

말을 하고 나서 무언가 부끄러워진 듯싶었다.

반대로 원지석은 조금 놀란 얼굴로 딸아이를 보았다.

그게 꼭.

과거에 있었던 일을 떠올리게 했다.

언제였지, 평소와는 달랐던 아버지를 보며 똑같은 말을 했었는데. 그때 아버지는 미소를 지었다. 깨닫기엔 너무 늦었지만, 지금은 그 웃음의 의미를 안다.

자식 앞에서 흔들리지 않으려는 의지와.

자신에게 주어진 저주가 혹여 너에게까지 이어진 건 아닐까 싶은 불안함.

그걸 감추기 위해.

"아무것도 아니야."

원지석은 웃으며 입을 열었다.

*　　　　　*　　　　　*

「[BBC] 한 경기 한 경기가 살얼음판!」

「[스카이스포츠] 치열한 우승 경쟁이 이어지다!」

A매치 일정이 끝나며 프리미어리그도 본격적인 우승 레이스에 들어갔다.

한 라운드가 지나면 순위가 바뀌었고.

다시 다음 라운드에선 선두가 뒤집히는 역전이 일어났다.

─모두 잘해주고 있어요. 특히 우려스러웠던 녀석들도 꾸준한 걸 보니, 일단 한시름은 덜은 거 같군요.

"다행이네요."

스벤의 말에 원지석은 고개를 끄덕였다.

스카우트 팀의 업무는 단순히 새로운 선수를 발굴하는 게 아니라, 기존 선수들을 체크하며 계속해서 피드백을 주는 것까지 이어진다.

그리고 지금 그들은 원지석의 요구에 따라 어느 선수들을 지켜보는 중이었다. 스벤의 말대로 우려라 봐도 좋았다.

그건 다름 아닌.

존 모건을 비롯한, 새로이 합류한 선수들.

분명 그들은 좋은 퍼포먼스를 보여주고 있지만, 문제는 이게 한순간의 불꽃으로 끝나는 경우가 있다는 점이다.

　선수 개인의 한계라든지, 아니면 부상 이후 폼을 회복하지 못한다든지.

　혹은 멘탈적으로 타락하는 선수마저 있었다.

　"적어도 내년까지는 부상 없이 잘 뛰어줬으면 좋겠는데 말이죠."

　─하하. 그렇게만 된다면 좋겠습니다만, 말처럼 쉽게 돌아갈 리가 없으니까요.

　"그럼 계속해서 부탁드릴게요."

　전화가 끊겼다.

　턱을 괸 원지석은 생각할 시간을 가졌다.

　기본적인 뼈대는 잡혔고, 이 뼈대가 무너지지 않는 게 중요하다.

　최악의 가정은 모든 준비가 끝난 상황에 부상이 생기는 거였다. 그럴 경우엔 대체자를 찾는 시간도 모자를 테니까.

　─고오올! 노팅엄 포레스트의 극적인 역전골!

　─큰물에서 놀더니 눈이 뜨였나요? 이번에도 골을 넣은 주인 공은 제프입니다!

　─두 경기 연속 골을 터뜨리는 제프 해리스!

　그 소리에 원지석은 상념에서 깨어났다.

경기를 틀어놓은 화면에 동료들에게 축하를 받는 제프의 모습이 보였다. 저 모습만을 보자면, 질투로 인한 따돌림은 걱정하지 않아도 될 정도로 말이다.

눈이 뜨이다.

어쩌면 핵심을 찌른 멘트였다.

더 높은 수준의 무대를 경험하는 건, 때로 갑작스러운 변화를 이루기도 한다.

실제로 월드컵 같은 세계적인 무대를 경험하며 매우 성장한 사례 역시 적지 않았고.

자신의 두 번째 A매치 경기가 그만큼 충격적이었는지, 노팅엄 포레스트에 복귀한 제프는 연속으로 골을 기록하며 확연히 나아진 모습을 보였다.

"잘하고 있군."

원지석은 작게 미소를 지으며 스마트폰을 들었다.

녀석의 성격상, 잘했다는 메시지라도 보내준다면 크게 기뻐할 터.

"누구한테 배우고 있는데요."

근처에 있던 제임스가 그 소릴 들었는지 목을 길게 빼며 자랑스레 입을 열었다.

며칠 전에도 제프를 따로 만났다더니, 개인교습을 하라는 말을 잊지는 않은 모양이었다.

확실히 이번에 골을 넣은 장면을 보더라도 꽤나 깔끔한 슈팅이 나왔고, 그게 꼭 배운 걸 과시하는 거 같아 기뻤다.

"근데 나는 감독 같은 건 못 해먹겠어요. 애 하나 가르치는 것도 그렇게 힘든데."

제임스는 며칠 전에 있었던 일을 떠올리며 고개를 저었다.

녀석은 훌륭한 선수는 훌륭한 지도자가 되지 못한다는 걸 증명하는 사례였다.

당장 훈련장에서도 시간을 30분만 한정한다면, 제임스나 앤디보다 공을 잘 차는 녀석은 없었으니까. 그러면서 왜 이것도 못 하냐는 걸 보면, 분명 지도자가 될 그릇은 아니었다.

"그런데 킴은요? 이쯤이면 옆에서 비꼴 순서였는데."

제임스는 주변을 두리번거리며 킴을 찾았다.

욕을 먹지 않아 허전해진 건 아니고, 항상 자리를 지키던 일벌레가 보이지 않으니 드문 일이었기 때문이다.

"루이스의 축구 대회가 있다면서 휴가를 냈어."

"루이스? 이제 일곱 살짜리가요?"

루이스.

킴의 아들로, 한 달 전에 일곱 살이 된 꼬마.

아무리 축구에 미친 잉글랜드라 하더라도 보통 그 나이 때의 대회가 있을 리가 없다.

"형들이랑 뛰는 거지. 곧 첼시 유소년 팀이랑 계약을 한다는 소리도 있던데."

"흐음."

딸 엠마의 일곱 살 시절을 추억하던 제임스가 머리를 긁적였다. 뭐, 킴의 성격상 자기가 알아서 잘하겠지만.

그래서.

그는 가방을 정리하는 원지석을 물끄러미 바라보았다.

"감독님은 뭐 해요?"

"잠깐 어딜 갈 곳이 있어서. 박싱 데이가 시작되면 시간적인 여유가 없을 테니까."

그러면서 손에 쥔 것은.

여권이었다.

"아니, 어딜 가려는 건데요?"

눈을 동그랗게 뜨는 제임스의 물음에.

외투를 걸친 원지석이 어깨를 으쓱이며 답했다.

"한국."

*   *   *

인천국제공항.

시간이 지남에 따라 적지 않은 변화가 있었지만, 언제나 많은 사람이 붐비는 이곳.

그런 사람들의 눈길을 잡는 무리가 있었다.

네 명의 남자.

그중에서도 맨 앞에 선 이는 선글라스를 꼈지만, 적어도 한국 사람이라면 모를 수가 없는 사람이었다.

"원지석이다."

"와! 스페셜 원!"

지도자의 불모지라 불렸던 아시아에서 뜬금없이 나타나 세계 축구판을 뒤흔든 감독.

원지석.

그 이름은 고향인 한국에서 더욱 특별하다.

한때 신드롬이라 불릴 정도로 한국은 제2의, 제3의 원지석을 찾았지만 결과는 영 좋지 못했고, 그제야 사람들은 현실을 받아들였다.

과거에는 없었고 미래에도 나오지 않을 감독.

그게 원지석이라는 걸.

"지금 보이니 조금 신기하네."

"그러게. 쉬러 온 건가?"

유명세와 달리, 그는 한국에서 이렇다 할 활동을 하지 않는 편이었다. 방송이나 행사 대신 조용히 휴식을 가지는 모습이 SNS로 올라갔을 뿐.

더군다나 클럽의 감독직을 맡을 때는 지금이 한창 바쁜 시기였기에, 이제는 국가대표 감독이라는 점이 체감되었고.

그렇게 새로움을 느끼던 사람들은.

그 뒤를 보고선 눈을 크게 떴다.

"으 추워!"

두꺼운 코트, 거기에 머플러와 귀마개까지.

몸을 한 번 크게 떤 제임스가 비명을 참듯 중얼거렸다.

"정말 미친 날씨야!"

"그러게……."

옆에 있던 앤디가 고개를 끄덕이며 코를 훌쩍였다. 겨울에도 따뜻한 편인 잉글랜드 출신의 둘에게, 한국의 혹독한 추위는 살을 저미는 기분이었다.

"나약한 것들."

반면 케빈은 그런 둘을 보며 끌끌 혀를 찼다.

독일에서도 추운 지방 출신이란 것을 과시하듯, 오히려 코트의 단추를 풀기까지 했으니.

"늙어서 무리하는 거 아니에요?"

"아직 정정하다, 새끼야."

제임스의 조롱에 케빈이 손등이 보이도록 브이 사인을 내밀었다. 잉글랜드에선 중지보다 이게 더 효율적이라는 걸 알기에 쓴 욕이었다.

뒤에서 들려오는 대화 소리에 원지석은 골치가 아파지는 걸 느꼈다.

아닌 게 아니라.

셋은 굉장한 이목을 끄는 중이었으니까.

"좀, 애들도 아니고 뭐 하는 짓입니까."

"뭐 어때. 더 좋아하는구먼."

케빈이 슬쩍 손을 흔들자 엄청난 함성 소리가 들렸다. 자기에게 욕을 해달라는 사람마저 있었다. 거기에 질 수 없다는 듯 제임스는 팬들과 사진을 찍는 시간을 가졌고.

'그냥 두고 올 걸 그랬나.'

원지석은 그런 둘을 보며 한숨을 쉬었다.

어쩌다 이 골칫덩어리들이 합류하게 된 거지.

조금 시간을 되돌려.

런던에서 여권을 챙겼을 때의 일이다.

'저도 갈래요!'

'뭐?'

'아니, 여기서는 딱히 할 것도 없으니까.'

제임스는 그렇게 말하며 딴청을 피웠다. 최근 들어 집에 가기가 무서워진 유부남이었다.

그렇게 실랑이를 벌이는 사이 앤디가 참여했고.

결국 케빈까지 합류하며 지금의 일행이 완성되었다.

버리고 가도 어차피 비행기는 하나뿐이라는 말에 반쯤 체념한 거지만 말이다.

"가자."

"네."

캐리어를 끌고 무심히 떠나는 원지석의 뒷모습을 보며, 쓴웃음을 지은 앤디가 그 뒤를 따랐다.

*　　　　*　　　　*

호텔에 도착한 네 명은 각자 방을 잡으며 짐을 풀었다.

침대 옆에 캐리어를 두고선 잠시 휴식을 가질 때, 전화가 온 걸 확인하니 캐서린의 이름이 보였다.

—여보? 무사히 도착했어요?

그녀의 목소리에 원지석은 작은 미소를 지었다.

멀리 있음에도 지금 이 순간만큼은 바로 옆에 있는 것처럼 마음이 편했다.

"네. 지금 호텔에 짐을 풀었어요."

—같이 가고 싶었는데, 나중에는 꼭 함께 가요.

이번 한국행은 미리 말을 한 게 아닌, 갑작스러운 일이었기에 그녀 역시 스케줄을 비우지 못했다. 더군다나 딸을 런던에 혼자 둘 수도 없는 일이었으니.

—그래서 별일은 없었나요?

"아직은요."

원지석이 쓴웃음을 지으며 답했다.

케빈과 제임스라니, 캐서린이 생각하기에도 범상치 않은 조합이었다.

그나마 앤디가 있어서 다행인 점은, 그가 자리를 비웠을 때 정상적인 사람 하나 정도는 있어야 하지 않겠는가.

—사랑해요. 여기는 걱정하지 마세요.

"네. 저도 금방 돌아갈게요."

이런저런 대화를 나누던 부부는 사랑한다는 말과 함께 통화를 마무리 지었다.

후우.

그저 목소리가 떠난 것뿐인데.

괜히 허전한 마음에 그는 한숨을 쉬었다.

'나가볼까.'

짐 정리를 끝낸 원지석이 로비로 나오자 이미 모여 있는 세 명이 보였다.

셋은 공항에서 가져온 여행 가이드 책자와, 태블릿을 바쁘게 두드리며 어디로 갈지를 정하고 있었다.

"여기는 어때요?"

"거긴 라이프치히 시절 때 왔었는데 별로야. 차라리 저기로 가는 게 낫지."

"저기도 검색해 보니 좀……."

전형적인 관광객들의 모습을 보여주던 그들은 다가오는 원지석을 발견하고선 눈을 끔뻑 떴다.

차라리 이곳이 고향인 사람에게 물어보는 게 낫겠다 싶었던 건지.

제임스가 책자를 펼치며 물었다.

"감독님! 여기 어때요?"

"글쎄."

원지석은 시큰둥하게 어깨를 으쓱였다.

애당초 대부분의 삶을 유럽에서 보낸 사람에게 의미가 있는 질문이겠는가.

대신 펜을 꺼낸 그는 책자에 몇 가지 표시를 했다. 경험상 나쁘지 않았고, 남들에게 추천해도 괜찮을 장소들이었다.

"가보게?"

케빈의 물음에.

펜을 내려놓은 원지석이 고개를 끄덕였다.

"같이 가줄까?"

"뭘. 그렇게까지 할 필요는 없어요."

손을 내저은 그는 사고 치지 말라는 경고를 남기고선 걸음을 옮겼다. 멍하니 그 뒷모습을 좇던 제임스가 고개를 갸웃거리며 물었다.

"예? 같이 안 갑니까?"

"원은 개인적인 용무가 있거든."

멋쩍은 얼굴로 수염을 긁적이던 케빈이 한숨을 쉬었다. 그는 원지석의 개인적인 사정을 아는 사람 중 하나였다. 그게 썩 유쾌하지 않다는 것도.

'동행을 고집한 것도 그래서였지만.'

최근 묘하게 집중을 못 한다 싶더라니, 갑자기 한국으로 간다고 했을 땐 걱정이 앞섰다.

다행히도.

우려와는 달리, 최악의 상황까지는 아닌 모양이었다.

"우리는 느긋하게 관광이나 하자고."

케빈이 가이드 책자를 드는 사이.

호텔에서 나온 원지석은 운전대를 잡고선 외곽 도로를 달리고 있었다.

수목장.

아버지가 잠든 곳을 향해.

"후우."

차에서 내리니 하얀 김이 뿜어졌다.

12월. 이번 한국의 겨울은 유난히 추웠다.

괜스레 코트를 여민 그가 주변을 둘러보았다.

자리가 꽉 찬 지금은 더 이상 새로운 사람들을 받지 못하지만, 먼저 잠이 든 이들을 위해 수목장은 꾸준히 관리가 되는 중이었다.

누군가는 꽃을 두었고.

누군가는 눈물을 흘렸다.

그런 이들을 지나친 원지석은 소나무 앞에서 멈춰 섰다.

"갑자기 찾아와서 놀랐지?"

혼잣말을 중얼거린 그가 피식 웃음을 터뜨렸다. 기이하게도, 주치의와 상담을 하면서 가장 먼저 떠오른 곳이 여기였다.

"가끔 그런 생각을 해."

움츠러뜨리듯 어깨를 으쓱인 원지석은 눈으로 뒤덮인 가지를 보았다.

그가 치료를 받은 것처럼, 만약 아버지에게 조금의 시간이 더 주어졌더라면.

저렇게 흰머리가 있었으려나.

뭐, 결국은 의미 없는 가정이었다.

원지석은 아버지의 이름이 적힌 명패를 문질렀다. 눈이 녹으며 생긴 얼음이 꼈다. 손톱으로 살짝 긁었지만 어림도 없었다. 10년 가까이 여름에만 왔으니, 이런 느낌은 색다를 수밖에.

손가락 끝이 무감각해질 때쯤.

명패를 놓은 그가 접었던 무릎을 폈다.

"다음에 다시 올게."

작별 인사를 남긴 원지석이 몸을 돌렸다.

하지만 그 상태 그대로, 그는 굳어버리고 말았다.

"오랜만이네요."

언제부터 있었는지.

한 남자가 꽃다발을 들고선 그곳에 있었으니까.

"지석이 형."

싱긋 웃는 남자의 얼굴에서.

원지석은 역겨움을 느꼈다.

*　　　*　　　*

아버지의 사정상 함께 가지 못하고 한국에 남겨졌을 때, 그럴 때마다 그는 본가에 맡겨졌었다.

'재수 없는 새끼!'

경멸로 가득한 외침 뒤엔 항상 화끈한 통증이 느껴졌다. 운이 없을 때엔 입안이 찢어진 적도 있었다.

어렸을 때의 원지석에게.

그곳은 지옥이나 다름없었다.

그랬기에 죽도록 아르바이트를 했고, 만리타향인 포르투갈에서 객사를 당할 뻔했음에도 돌아가지 않았던 이유가 그래서였다.

"우연이네. 이런 곳에서 만나다니."

저 얼굴을 보기 싫었으니까.

아니, 정확히는 다른 사람이었지만.

큰아버지가 조금 더 젊었으면 이런 모습일까. 씨도둑은 못 한다더니, 그때의 불쾌함이 다시 떠오를 정도로 닮은 얼굴이었다.

"음, 설마 내가 누군지 모르는 건 아니죠?"

"아니, 누구인지는 알지."

뺨을 맞을 때면 그 모습을 조용히 지켜보던 녀석이 있었으니까. 즉, 자신의 추측이 맞다면 눈앞의 녀석은 친척 동생에 해당된다.

"그런데 우리가 그렇게 친한 사이는 아니잖아?"

예상했던 것보다 싸늘한 반응에 녀석은 머쓱한 얼굴로 볼을 긁적였다.

잠깐의 침묵과 묘한 대치가 이어졌다.

이 불편한 상황을 빠르게 끝내고 싶었던 원지석은 핵심적인 질문을 찔렀다.

"그래서 여기에는 무슨 일로?"

아버지가 이곳에 안치될 때에도 그쪽 사람들은 코빼기도 내밀지 않았었다. 그건 지금까지 이곳을 방문할 때에도 마찬가지였고.

"무슨 일이긴요? 가끔씩 이렇게 오는데……."

손에 들고 있던 꽃다발을 흔들던 녀석이 뒷말을 흐렸다.

이윽고.

한숨과 함께 녀석은 고개를 끄덕였다.

"역시 이런 건 안 통하네. 맞아요. 인터넷에 기사가 뜬 걸 보고 부랴부랴 온 겁니다."

"왜?"

"전하고 싶은 말이 있거든요."

소나무 아래에 꽃을 내려놓은 녀석이 코 밑을 한 번 훔치고선 말을 이었다.

"우리 아버지, 죽었어요."

원지석이 유럽으로 떠나고 몇 년 뒤의 일이었다. 그는 홀로 남은 집에서 쓰러졌고, 방치 속에서 세상을 떠났다. 뒤늦게 발견했을 땐 너무 늦었다는 모양이다.

"가족력이라는 게 뭔지. 무섭게."

역시 그 남자 또한.

아버지와 같은 이유로 세상을 떠났다.

어찌 보면 허무한 이야기였다.

"그런가."

별다른 감정의 기복이 느껴지지 않는 대답이었다.

좀 더 격정적인 반응을 예상했던 건지, 녀석은 고개를 갸웃거리며 물었다.

"알고 있었나요?"

"아니. 오늘 처음 듣는 이야기야."

어릴 때 그토록 원망하던 당사자가 죽었음에도 별다른 느낌은 들지 않았다.

분노도, 통쾌함도 없이 흘러갔을 뿐.

"그만큼의 시간이 지났으니까."

많은 것을 함축한 말에 녀석이 쓴웃음을 지었다. 다르게 말하자면 굳이 화를 낼 가치도 없다는 소리였다.

"그래서? 아버지 죽었다는 소리를 하려고 여기까지 온 건가?"

"사실은 사과를 하러 왔어요."

아버지의 사망으로부터 시간이 꽤 지났지만 지금에서야 얼굴을 비춘 건, 사과를 할 각오가 지금에서야 섰다는 뜻이기도 했다.

너무 늦었지만.

그의 인생에서 가장 큰 결단 중 하나였다.

"네가 잘못한 건 아니지."

"그래도 누군가는 해야 될 일이죠. 지석이 형, 아니, 원지석 씨. 그때의 일은 정말 죄송했습니다. 아버지를 용서하지 않아도 상관없어요. 오히려 욕을 먹어야 될 사람이니."

녀석이 허리를 숙였다.

그 등을 보며.

원지석은 곤란하다는 듯 입가를 쓸었다.

차라리 뻔뻔하게 나왔다면 상대하기 편했을 텐데.

"됐어. 굳이 그때의 묵은 감정을 꺼내고 싶진 않으니까."

"감사합니다."

"감사할 필요도 없어. 더는 그쪽과 얽히기 싫거든."

그럼에도.

녀석은 작은 미소를 지으며 고개를 끄덕였다.

아무래도 마음속에 품고 있던 무거운 짐을 내려놓은 모양이었다. 어쩌면 자기만족인지도 몰랐고.

"언제든 도움이 필요하시면 부르세요. 한국에서 벌어진 일이라면, 뭐든 상관없습니다."

"언제든, 어디서든, 다시 보지 말자고."

더 이상 할 말은 없었기에 원지석은 걸음을 옮겼다. 비탈길을 얼마나 내려갔을까, 그는 품속에서 약통을 꺼냈다.

꿀꺽.

물 없이 넘긴 약이 쓰디쓴 불쾌감을 남기며 사라졌다.

'그 남자가 살아 있었다면.'

아버지가 살아 있다는 가정처럼, 만약 그가 살아 있었다면 어땠을까.

그렇다면.

그때, 그곳을 나오며 하지 못했던 말을 하지 않았을까.

"너희들은 진짜 개새끼들이었어."

허연 김과 함께 사라질 혼잣말을 남기며.

원지석은 수목장을 나왔다.

62 ROUND
자기 증명

호텔로 돌아왔을 즈음에는 저녁이 되어 있었다.

원지석은 손목에 걸린 시계를 확인했다. 따로 관광을 다녔던 일행도 지금쯤이면 돌아오지 않았을까.

띵.

엘리베이터의 문이 열렸다.

"없네."

텅 빈 로비를 보며 원지석은 고개를 갸웃거렸다. 케빈이나 제임스 중 하나는 로비에서 널브러져 있을 거라 생각했는데.

'저녁까지 먹고 들어오려나.'

만약 그렇다면 호텔 룸서비스를 미리 요청할 생각이었다.

원지석은 확인차 연락을 위해 스마트폰을 들었고, 타이밍 좋게 진동이 울렸다.

부르르.

메시지를 보낸 사람은 앤디였다.

저녁을 먹고 온다는 연락일까, 그런 생각을 하며 내용을 확인한 그가 눈을 끔뻑 떴다.

[큰일 났어요!]

[뭐?]

[저로서는 ㅅㅜ습이 안]

오타와 함께 끊긴 메시지를 보며 원지석은 입가를 쓸었다. 무슨 일이 생기면 브레이크가 되어줄 녀석이 항복을 선언하다니, 불길함밖에 느껴지지 않았다.

'전화하기 겁나는데.'

그때 앤디로부터 또 하나의 메시지가 도착했다.

어딘가로의 링크가 첨부되어서.

"뭐야, 대체."

링크를 누르자 인터넷 화면이 켜졌으며, 곧 익숙한 얼굴이 보였다. 케빈이었다.

"케빈? 뭐 하는 겁니까?"

대답은 없었고, 원지석은 그제야 이게 영상통화가 아니라는 걸 깨달았다. 화면 구석에 있는 마크는 세계적으로 유명한 방송 플랫폼의 것이었으니까.

인터넷 방송.

즉, 지금 어디선가 보내지는 생방송이라는 거였다.

─와아아!

사람들의 환호성과 함께 화면을 가득 채웠던 케빈의 얼굴이 멀리 떨어졌다. 술을 마셨는지 얼굴이 꽤나 붉었다.

그 뒤에 힘없이 고개를 젓는 앤디의 모습을 보아, 아무래도 일은 이미 터진 모양이었다.

잠시 후 이 방송의 진행자로 보이는 사람이 함박웃음을 지으며 물었다.

─폭탄 발언을 터뜨렸는데, 괜찮으시겠어요?

그는 꽤나 능숙한 영어로 질문을 던지며 방송을 무리 없이 이끌고 있었다. 덕분에 관심은 역대 최고치에, 동시간대에선 가장 많은 시청자가 쏠렸다.

'넝쿨째 굴러온 호박, 아니, 다이아몬드야.'

그들을 발견한 건 순전히 운이나 다름없었다. 설마 이런 곳에서 세계적인 스타들을 만날지 누가 예상이나 했을까.

광인이라 불리는 케빈 오츠펠트.

그는 한국에서 신이라 불리는 원지석과 뗄 수 없는 파트너였고.

제임스와 앤디는 다름 아닌 그 원지석이 직접 발굴하며 세계 최고로 성장시켰던 슈퍼스타들이었으니.

─뭐 어때? 내가 못할 거 같아?

케빈의 확언에 진행자는 속으로 쾌재를 불렀다. 기대를 저버리지 않는 대답이었다.
하지만 자극이 조금 부족했다.
조금 더 사람들의 환호를 이끌어내기 위해, 진행자는 자극적인 질문을 던졌다.

─지난 A매치에서 잉글랜드의 공격력이 부족하다는 지적이 계속해서 나오고 있는데, 이에 대해 어떻게 생각하시나요?

제프가 어마어마한 욕을 먹었던 그 경기를 말하는 거였다.
그 질문에.
눈썹을 꿈틀거린 케빈이 입을 열었다.

─공격력? 그렇게 공격적인 걸 원하면 웸블리로 오십시오. 그것은 무료로 체험되니까.
─무슨 말을 하는 거예요!

앤디가 수척한 얼굴로 케빈을 말렸다.

그 잠깐 사이에 얼마나 시달렸는지, 오늘따라 킴의 빈자리가 아쉬웠다.

아니, 얌전히 호텔에 남았어야 했는데.

지푸라기 잡듯 멀리 있는 원지석에게 도움을 요청했지만, 이 혼란스러운 상황을 수습할 수 있을지는 모를 일이다.

─어? 감독님 전화다.

그때 제임스가 걸려온 전화를 확인하고선 검지를 입술에 가져갔다.

그걸 캐치한 방송 진행자가 원지석의 이름을 언급하자마자 한바탕 소란이 일었고, 녀석은 괜히 어깨를 으쓱거리며 전화를 받았다.

─감독님! 지금 우리가 뭘 하고 있는지 알면 깜짝 놀라실 걸요? 예? 안다고요?

통화가 지속될수록.

제임스의 목소리는 점점 작아지더니.

이윽고 말없이 듣기만 하다 전화를 끊었다.

─뭐래?

한참 분위기에 고무되었던 케빈이 물었다.

그 물음에 제임스는 조용히 고개를 저었고, 이유 모를 불길함에 케빈 또한 뒷말을 기다렸다.

―아무래도.

엄청난 추위에도 식은땀이 흘렀다. 축축한 머리를 괜히 긁적인 녀석이 조용히 말을 이었다.

―좆 된 거 같은데요?
―히끅.

케빈의 딸꾹질을 마지막으로 그날의 방송은 종료되었다. 그 후 무슨 일이 벌어졌는지 사람들은 알 수 없었지만.

단지.

앤디가 평소보다 더욱 원지석을 존경하게 되었다는 후일담을 남겼을 뿐.

*   *   *

"피곤하다아아."

며칠 후.

런던으로 돌아온 케빈이 쩍 하품을 하며 중얼거렸다.

요 며칠 한국에서 바쁜 나날을 보냈기에, 체력적인 부담이 그만큼 컸다.

"자업자득이죠."

차를 마시며 오늘 할 일을 정리하던 원지석이 싸늘하게 받아쳤다.

그 말처럼, 생각지도 못했던 바쁜 스케줄은 모두 케빈이 자초한 일이었다.

'방송에서 우리를 보고 싶어? 까짓것 나가지 뭐!'

대체 무슨 말을 했나 싶어 되감기를 했을 땐 머리가 아플 정도였다. 단순히 술기운에 뱉은 말로 치부하기에는, 하필이면 또 코치직을 내걸고 그런 발언을 했으니.

설상가상 원지석의 에이전트, 한채희까지 냄새를 맡으며 상황은 혼란스럽게 흘러갔다.

결국 그로서는 굉장히 오랜만에 한국 방송에 얼굴을 비쳤다.

'화제가 되긴 했지만.'

한국에선 그 모습을 보기 힘든 원지석에다 케빈과 제임스는 낯선 환경에서도 뛰어난 적응력을 보였고, 앤디는 존재 자체가 그림이 되었기에 퍽 괜찮은 시너지를 뽐냈다.

덕분에 반응은 폭발적이었다.

"운 사람마저 있었고."

원지석 시대 이전부터 첼시의 열성적인 팬으로 유명했던 방송인은 그들을 보며 눈물을 훔칠 정도였다.

"그래서, 너무 늦은 질문이긴 한데."

괜스레 코 밑을 긁적인 케빈이 말을 이었다.

"속은 후련해졌냐?"

고민하던 건 모두 해결했냐는 물음에.

원지석은 피식 미소를 지었다.

"네. 여러 의미로, 다녀오길 잘했네요."

"그러면 다행이고."

케빈은 어깨를 으쓱이면서도 안도의 한숨을 내쉬었다. 내심 자신이 저질렀던 일이 마음에 걸렸던 모양이다.

"잉글랜드에서도 꽤나 화제가 됐어요."

그때 신문을 보던 킴이 입을 열었다. 무슨 일이 있었는지에 대해선 울먹이는 앤디를 통해 들었지만, 이런 식으로 보니 또 새로웠다.

한국 방송에 출연한 잉글랜드 코치진들.

오늘자 헤드라인을 장식한 문구였다.

적잖이 화제가 된 만큼 잉글랜드에서도 이목을 끌었고, 반응은 두 가지로 나뉘었다.

신기하다는 반응과, 마지막 A매치가 그 꼴이었는데 참 여유롭다며 비꼬는 쪽으로.

"월드컵을 우승해도 욕을 할 사람들이니까."

원지석은 그러한 비난에 개의치 않았다. 감독 짬밥이 하루 이틀도 아니고, 사람들의 세 치 혀로 흔들리기엔 그동안의 커리어는 운으로 딴 게 아니다.

"참, 루이스의 대회는 어떻게 됐어?"

원지석이 한국으로 떠났을 때, 킴은 아들인 루이스의 대회가 있었기에 시간을 내지 못했었다.

킴은 묘한 미소를 지으며 스마트폰을 들었다.

화면 속 사진에는 우승 메달을 걸고 환하게 웃는 루이스의 모습이 보였다.

"우승이야? 대단한데."

"후후, 비행기 태우지 마요."

말은 그렇게 했지만 킴은 뿌듯한 얼굴로 콧잔등을 긁었다. 역시 자식 칭찬에 기분 나빠할 부모는 없다.

루이스는 나이가 어렸음에도 형들과 함께 뛰며 대회 최우수 선수로 선정되었는데, 덕분에 많은 팀들이 관심을 드러내는 중이었다.

"아빠처럼 첼시에서 성공하면 멋있겠는데? 밀란의 말디니 가문처럼."

지금까지 대를 이어 축구선수가 된 케이스는 차고 넘쳤다.

하지만 대부분은 아버지의 명성을 넘지 못하며 평범한 선수로 끝났는데, 반대로 아버지를 뛰어넘은 경우도 있었다.

AC 밀란을 두 대에 걸쳐 수호한.

체사레 말디니와 파울로 말디니가 그 대표적인 사례였다.

"뭘요. 저부터가 평범한 선수인데."

"또 그런다."

머쓱하게 반응하는 킴을 보며 원지석이 쓴웃음을 지었다. 두 천재와 평생을 함께했기 때문일까, 녀석은 본인이 이룬 커리어를 과소평가하는 기색이 강했다.

"그럼."

태블릿을 들고 자리에서 일어나는 원지석을 보며 킴이 고개를 갸웃거렸다.

"온 지 얼마나 됐다고, 어디 가요?"

"우리 쥐새끼가 얼마나 컸는지 확인하러 가야지."

쥐새끼?

킴은 그게 누구를 뜻하는지 깨닫고선 머리를 긁적였다.

최근에 그런 별명이 생긴 녀석이 있었지.

"제프를 보러 가게요?"

원지석은 대답 대신 창밖을 가리켰다.

국가대표 소집 기간이 아니기에 텅 비었을 훈련장에는 두 명의 모습이 보였다.

제프와 제임스였다.

"경기 봤어. 생각보다 잘하던데?"

"정말요?"

제임스의 칭찬에 제프가 머쓱한 얼굴로 볼을 긁적였다. 그럼에도 기뻐하는 감정은 숨기진 못했다. 우상이 그를 지켜봐 줬을 뿐만 아니라 잘했다고 칭찬까지 해주다니, 이보다 더 기쁜 일이 있을까?

물론 어느 정도의 립 서비스가 들어갔겠지만, 단순히 입에 발린 소리만은 아니었다.

그 말처럼.

최근 리그에서 좋은 활약을 보여주는 제프였으니까.

제임스가 굳이 칭찬을 한 것도 슈팅에서 달라진 모습을 느 낄 수 있었기 때문이다. 오히려 예측했던 것보다 빠른 성장세 였다.

"이제 다음 단계로 넘어가자."

녀석은 공을 제프에게 넘겼다.

"이쪽으로 띄워."

"네!"

빠릿빠릿하게 움직인 제프가 높이 패스를 올렸다.

문제는.

제임스가 패스를 받을 수 없을 정도로 질 나쁜 패스가 나왔 다는 거지만.

"너는, 하아, 됐다."

생각해 보니 이 녀석은 원래 이랬지.

기본적인 재능은 형편없고, 오프 더 볼과 슈팅에만 그 능력 치가 집중된 유형.

그렇기에 철저히 피니셔로 키우기로 하지 않았는가.

"앤디!"

대신 그는 멀찍이 구경하던 앤디를 불렀다.

원지석을 비롯한 코치들과 함께 있던 앤디는 고개를 갸우뚱 거리면서도, 이리 오라는 손짓에 순순히 그쪽으로 향했다.

"패스해 줘."

"응."

공을 받은 앤디가 패스를 준비했지만, 정작 제임스는 몸을 돌리며 다른 곳을 보는 중이었다.

"또 내 흉내야?"

"시꺼. 그런 거 아니니까 주기나 해."

이윽고 앤디의 패스가 올려졌고.

등 뒤에서 오는 공을 슬쩍 확인한 제임스는, 빠르게 몸을 돌리며 슈팅을 때렸다.

쾅!

무심코 감탄이 나올 만한 노 룩 슈팅이 골 망을 흔들었다.

"이게 새로 배울 거야."

"갑자기 난이도가 너무 오른 거 아닌가요?"

"뭘. 너도 알잖아. 프로선수쯤 되면, 공을 보지 않고 슈팅을 하는 녀석은 널렸다는 걸."

맞는 말이다. 정작 제프 본인조차 하부 리그에선 공을 보지 않고 슈팅을 때린 적이 많았으니까.

그럼에도 앓는 소리가 나오는 건, 이 수업의 목적을 어렴풋이 눈치챘기 때문이다.

"즉, 기존의 슈팅을 보지 않으면서 하라는 거죠?"

"그렇지."

제임스는 고개를 끄덕였다.

그는 지금까지 슈팅을 할 때는 공에서 눈을 떼지 말라는 소리를 했다.

이제 정반대로.

단 하나의 오차 없는 슈팅을, 보지 않고서 해야 한다.

"지금 네 슈팅은 썩 괜찮아. 나보다는 못하지만, 그전과 비교하면 쓸 만한 정도는 되었지."

자기 자랑을 하려는 말이 아니다. 단지 그가 느끼고 있는 점을 거짓 없이 전해주는 것일 뿐. 제임스는 지금 장래가 기대되는 유소년이 아닌, 기이한 유형의 프로선수를 조련하는 중이었다.

"이른바 톱클래스라 불리는 선수들과 평범한 선수의 차이점이 뭔지 알아?"

톱클래스 선수들 중에서도 정점으로 군림한.

악마라 불렸던 선수가 말을 이었다.

"적어도 골잡이는, 여기서 갈리는 거야."

찰나의 순간에 얼마나 더 정확한 슈팅을 하느냐, 기회를 놓치지 않느냐.

재능, 아니, 꼭 재능만이 전부는 아니다.

끝없는 노력으로 본능에 가깝게 만들어진 영역도 있으니까.

"굳이 눈을 감으라는 게 아니야. 좀 더 넓은 걸 보고, 좀 더 많은 것을 생각하라는 거지."

무슨 말을 하는지는 이해가 간다만, 제프의 눈은 자연스레 옆을 보았다.

앤디를 향해 말이다.

그 시선을 눈치챘는지 제임스가 쓰읍 하고 혀를 찼다.

"앤디? 쟤는 사기꾼이라니까."

이렇게 해서.

제프의 속성 특강 2부가 시작되었다.

*   *   *

「[BBC] 박싱 데이를 앞둔 프리미어리그!」

「[스카이스포츠] 이번 라운드 빅 매치 프리뷰」

곧 박싱 데이가 다가온다.

EPL의 우승 판도가 사실상 가려지는 시기이자, 그만큼 가장 험난한 시기.

혹사 논란으로 인해 예전보다는 일정이 여유로워졌다지만, 그럼에도 선수의 체력과 정신력을 한계까지 몰아붙였기에 여전한 악명을 자랑했다.

─먼저 뉴캐슬과 에버튼의 경기가 있네요.

─네. 대표 팀에선 함께 호흡을 맞추는 파트너지만, 다가올 경기에선 유럽 대항전을 놓고 다투는 라이벌이죠.

스카이스포츠는 다가올 경기들을 분석하고 예측했다. 뉴캐슬과 에버튼. 박싱 데이의 시작을 알리는 경기이자 챔피언스리그를 위해 치열하게 경쟁하는 두 팀의 경기였다.

주목할 선수로는 존 모건과 윌킨스가 뽑혔다.

최근 잉글랜드 대표 팀에서 입지를 다져가며 이름값을 올리는 둘이었다.

뭐, 두 명 모두 수비수였기에 직접적인 대결은 얼마 없을 테지만 말이다.

─다음은 첼시와 리버풀의 경기네요.

─이번 시즌 우승을 다투는 두 팀의 대결로, 박싱 데이의 가장 중요한 경기입니다.

그다음으로는 첼시와 리버풀의 경기가 있었다.

이번 시즌 우승에 도전하는 두 팀으로선 반드시 승리를 거두어야 할 매치였고, 핵심 플레이어로는 리암과 이안이 꼽혔다.

─첼시의 중앙미드필더인 리암은 뛰어난 중원 장악력을 보여주는 선수입니다.

─원지석 감독이 만든 굉장한 중원은 여전한 위세를 뽐내는 중이고, 리버풀로서는 힘든 싸움이 예상되기에 이안에게 주어진 역할이 무겁군요.

리버풀은 이번 여름 이적 시장에서 중원 보강에 실패하며 힘든 싸움을 하는 중이었다.

그럼에도 우승 레이스에서 밀리지 않은 건, 막강한 최전방의 힘이 컸다.

매우 높은 실력의 외국인 용병들과 득점왕 경쟁을 하는 중인 이안은 제2의 제임스란 수식어가 아무에게나 붙지 않는다는 걸 증명했다.

두 명의 왕은 있을 수 없다.

그들에게 주어진 왕좌는 하나뿐이었고.

―매우 많은 사람들이 손꼽아 기다리는 경기입니다.

―저 같은 경우는 사실 다른 경기를 더 기대하고 있어요. 그 중요성은 떨어질지 몰라도, 꽤 특별한 매치가 있거든요?

화면이 바뀌며 두 팀의 엠블럼이 떴다.

노팅엄 포레스트와 맨유.

리그 판도에 중요한 영향력을 끼칠 경기는 아니지만, 팬들이 흥미를 가질 요소는 충분했다.

―먼저 맨유는 사실상 우승 대권에서 멀어졌지만, 챔피언스리그 티켓은 안정적으로 쥐고 있는 상황입니다.

―반대로 노팅엄 포레스트의 같은 경우는 최근에서야 강등권에서 벗어났죠.

―네. 이 선수 덕분에요.

화면에 새로운 선수의 모습이 떠올랐다.

눈 밑에는 다크서클이 짙게 깔렸고, 탁한 눈동자가 뜻 모를 불길함을 주는 선수.

제프 해리스.

녀석은 강등권의 영웅이었다.

―정말 순도 높은 골 결정력이에요.

―조용하지만, 그만큼 무서운 선수입니다. 기록이 이를 증명하죠.

12월에 들어서며 제프가 팀에 벌어다 준 승점은 어마어마할 정도였다.

그쯤 되니 원지석이 괜히 뽑은 게 아니었다는 재평가가 나오는 중이었고.

덕분에 시즌 초까지만 하더라도 강등이 예상되었던 노팅엄 포레스트는 중위권까지 순위를 올렸고, 박싱 데이를 잘 치르면 그 이상까지 노려볼 법한 상황.

―그리고 맨유에서는.

제프의 옆으로 한 선수의 사진이 올라왔다.

짜증 가득한 눈빛은 제프와 정반대의 것이었다.

데니스 로저.

맨체스터의 트러블 메이커가.

─저는 사실 이 경기가 더 관심이 가네요.
─하하, 이해합니다.

한 패널의 말에 웃음소리가 들렸다.
삼 사자 군단에서 쫓겨난 자와 새로 들어온 자.
그 두 명이 맞붙는다.
더군다나 데니스 역시 리그에서 괜찮은 폼을 보여주고 있었기에, 둘의 대결 역시 적지 않은 이목을 끌었다. 그중에는 원지석의 안목이 맞을지 궁금해하는 사람도 있었고.

─최근에는 제임스에게 따로 훈련을 받는 모습이 SNS를 통해 공개되기도 했었죠.
─원 감독이 꽤나 기대를 하고 있는 모양입니다.

둘의 모습이 흐려지며 안경을 쓴 날카로운 눈매의 남성이 나타났다.
원지석.
제프와 데니스를 관통하는 주제.

─원지석 감독 또한 경기장을 찾을 것으로 예상되는 가운데……

삑.

그 순간 TV가 꺼졌다.

검게 꺼진 디스플레이에는 한 소녀의 모습이 비쳤다.

막 방송에서 떠들려던 원지석 감독의 딸, 엘리였다. 화면 속 자신과 눈싸움을 하던 그녀가 중얼거렸다.

"시시해."

쓰러지듯 침대에 누운 엘리가 슬쩍 고개를 돌리며 달력을 확인했다.

12월 25일. 크리스마스.

가족에겐 의미가 깊은 날이었다. 크리스마스이브가 부모님의 결혼기념일이었기 때문이다.

산타를 믿을 나이는 아니지만.

그녀에게 있어 산타는 아버지였다. 빨간 모자와 수염 장식 없이도 크리스마스를 기대하게 만들며, 눈을 반짝이게 하는 마법을 부렸으니까.

'바쁘겠지.'

엘리는 액자에 걸린 사진을 보았다.

아주 어릴 때부터 함께 찍은 가족사진이 보였다. 참 많은 곳에서 찍은 사진들이었다.

라이프치히, 발렌시아, 런던.

아버지의 발자취를 따라.

사진 속의 배경 또한 바뀌었다.

단순히 배경만이 바뀐 건 아니다. 환하게 웃던 아이는 시간이 지나며 점점 무표정한 얼굴이 되었고, 지금은 감정 표현이 적은 녀석이 되었다.

'왜 그렇게 되었더라.'

엘리는 멍한 눈으로 생각에 잠겼다.

아버지를 볼 때마다 웃으며 달려가던 시절도 분명히 있었는데.

세계 최고의 감독, 스페셜 원.

그녀의 아버지는 그런 사람이었다.

어릴 때는 그게 어떤 의미인지 체감하지 못했지만, 시간이 지나며 점점 깨달을 수 있었다.

아버지는 굉장히 바쁜 사람이란 것도, 잠깐 놀아주기 위해 얼마나 많은 힘을 들여야 하는지, 런던으로 다시 돌아온 게 가족들과 함께 있기 위해서란 것까지.

'아빠에게 부끄럽지 않은 딸이 될 거야.'

어렸을 때 결정한 치기 어린 다짐. 하지만 그건 말처럼 쉬운 게 아니었다. 애초에 부끄럽지 않다는 기준에 대해서도 알지 못했으니까.

그랬기에 공부를 열심히 하고, 어른스럽게 행동했으며, 가급적이면 부모님에게 손을 빌리지 않았다.

'그리고.'

스트레스가 쌓여갈 때쯤 사고가 터졌다.

그것도 두고두고 기다리던 크리스마스에.

그날은 학교에서 받은 상장을 자랑하려 했었는데, 아버지는 갑작스럽게 일이 생겼다며 급하게 집을 나갔었다.

사실 아주 사소한 계기였다. 지금 생각하면 그렇게 화가 날 정도였나 싶고, 당시의 아버지를 이해한다. 그럼에도 한 번 생긴 틈은 좀처럼 회복되지 않았다.

어찌 됐든.

그날 이후로.

그녀는 더 이상 아버지에게 달려가지 않았다.

'삐쳤구나?'

어머니인 캐서린이 했던 말.

그 말처럼 삐쳤다는 게 가장 적합한 표현일 것이다. 그게 이렇게 오래갈 줄은 예상하지 못해서 그렇지.

"이제는 그때처럼 돌아가는 게 어색해……."

엘리는 괜히 두 손으로 얼굴을 부비며 마른세수를 했다.

방송에서 아버지를 언급하자 TV를 끈 것도 그런 이유였다. 괜한 감정을 이어가는 자신의 모습이 바보 같다는 걸 새삼 깨닫게 되어서.

결국 이 상념의 결론은, 사실 보이는 것처럼 아버지를 싫어한다는 건 아니라는 소리다.

다만 언제까지 이러고 있을 수는 없다.

이번 크리스마스가 터닝 포인트이고.

그녀는 가장 든든한 사람에게 메시지를 보냈다.

[할아버지]

알렉스 요크를 말하는 게 아니었다.
엘리에겐 두 명의 할아버지가 있었으니까.
조제 무리뉴.
누구보다 든든한 지원군이.

*　　　　*　　　　*

"크리스마스 선물 말입니까?"

코코아를 홀짝이던 대머리 코치가 눈을 끔뻑이며 되물었다. 아무래도 잘못 들은 건 아닌지, 질문을 한 원지석은 말없이 고개를 끄덕였다.

"누구에게 줄 선물이죠?"

"그게, 좀."

"엘리군요."

그는 들고 있던 머그 컵을 내려놓았다.

오랫동안 호흡을 맞춰온 만큼, 그 이유를 찾는 건 그리 어렵지 않았다.

역시 그 예상이 맞았는지 원지석은 멋쩍게 입가를 쓸어내렸다. 대머리 코치는 세 아이의 아버지였고, 첫째가 벌써 대학에 들어갔을 정도로 베테랑이기도 했다.

즉, 지금으로선 가장 믿을 만한 사람이란 소리였다.

"지금까지 해온 대로 하면 되지 않을까요? 갑자기 새로운 걸 준다고 더 기뻐하진 않더군요."

대머리 코치는 표정은 어딘가 슬퍼 보였다. 사실 자신의 경험을 바탕으로 한 조언이었기 때문이다.

머리숱이 조금 더 휑해졌던 생일날, 선물로 가발과 발모제가 들어갔을 때의 일을.

"그렇긴 한데, 지금은 또 다르니까요."

작기만 하던 아이가 언제 그렇게 컸는지. 마냥 어렸을 때와 비슷한 것을 주기엔 조심스러웠다.

"그냥 저녁이면 되잖아?"

옆에서 듣고 있던 케빈이 끼어들었다. 귀찮은 걸 싫어하는 그의 성격다운 말이었다.

"보통은 그렇게 하죠."

크리스마스이브부터는 평소보다 더 힘을 쓰며 요리를 했으니까.

단지, 최근 서먹한 분위기를 개선할 필요성을 그 역시 느끼고 있었다.

이왕 이렇게 된 김에.

원지석은 다른 코치들에게도 같은 질문을 던졌다.

"무난하게 옷은 어때요?"

제임스의 말이었다.

실제로 꾸미는 것에 민감할 때이기도 하고, 가장 무난한 선물이기도 했지만.

원지석은 고개를 저으며 답했다.

"옷은 캐서린이 준비하거든."

"아, 하긴 그렇겠네요."

다름 아닌 그 캐서린이었으니. 최근 패션업계에서 위명을 떨치고 있는 사람과 같은 선물을 준비하는 건 그리 현명한 일이 아니다.

"태블릿이나 노트북은요?"

"작년 생일 선물로 줬거든. 아직 바꿀 때는 아니야."

킴의 의견 역시 기각되자 사람들의 시선은 자연스레 한쪽으로 쏠렸다.

앤디에게 말이다.

프로 데뷔 때부터 엄청난 여성 팬층을 보유했던 녀석이라면 무언가 해답을 주지 않을까 싶었지만, 녀석은 얼떨떨한 얼굴로 머리를 긁적였다.

"저는 아무거나 줘도 다 좋아해서."

"이 난봉꾼 새끼."

제임스가 앤디의 옆구리를 찌르며 갈궜다. 뭐, 말은 그렇게 해도 사생활에 문제가 있는 녀석은 아니었다. 오히려 파파라치들이 매번 허탕을 치는 걸로 유명했으니.

"하아."

별다른 수확이 없자 원지석은 기지개를 켜며 한숨을 쉬었다.

물론 생각해 둔 게 없진 않았다. 그에게는 나름 의미가 큰 물건이기에, 받고 얼굴을 찌푸리지 않았으면 좋으련만.

"먼저 가볼게요."

"들어가."

"우리도 이거까지만 끝내고 갈게요."

시간을 확인한 원지석이 몸을 일으켰다. 슬슬 퇴근 시간이었기에 다른 사람들 역시 마무리를 하는 모습이 보였다.

그는 주차장까지 걷는 사이 주변에서 가장 가까운 포장 가게를 찾았다.

다행히 그리 멀지 않은 곳이었다.

"크리스마스인가."

밤거리를 수놓은 크리스마스 장식들을 멍하니 보던 원지석이 중얼거렸다. 아직 며칠이 남았을 텐데도 서로 손을 잡으며 분위기를 내는 커플도 보였고.

부르르.

그때.

스마트폰이 진동으로 떨리는 소리와 함께, 네비게이션의 화면에 작은 알림이 떴다. 누군가에게서 전화가 온 것이다.

"조제?"

그 이름을 확인한 원지석이 안경을 고쳐 썼다.

조제 무리뉴.

그에게서 온 전화였다.

원지석은 디스플레이를 터치하며 전화를 받았다.

"여보세요?"

─원! 지금 어디인가!

간만에 근황을 물으려는 전화는 아닌 모양이었다. 원지석은 의아해하면서도 입을 열었다.

"일은 끝났는데 잠깐 갈 곳이 있어서요. 왜요? 무슨 일 있나요?"

─엘리가!

노인의 다급한 목소리는.

절대 듣기 싫었던 말을 전했다.

─엘리가 쓰러졌네!

신호가 붉은색으로 바뀌었다.

*　　　*　　　*

어둑어둑해진 밤.

이 시간이면 항상 텅 비었을 병원 주차장은 오늘따라 적지 않은 차가 있었다. 거기서 멈추지 않고 새로운 차가 들어올 정도였다.

끼이익!

차가 멈춰서는 소리가 귀를 아프게 했다.

"엘리."

급하게 문을 열고 나온 사람은 원지석이었다. 그는 전에 없을 다급한 모습으로 병원을 향해 달렸다.

"엘리!"

"원!"

병원 문을 열자 접수처 앞 대기실에서 기다리는 사람들이 보였다. 그중에서도 울먹거리는 얼굴로 안겨오는 사람이 있었는데, 캐서린이었다.

"원, 원!"

"캐시, 어떻게 된 거예요?"

원지석은 캐서린의 등을 다독이며 물었다. 그녀의 붉게 부은 눈을 본 순간 혼란스러웠던 마음을 다잡아야 한다고 깨달았기 때문이다.

다행인지 불행인지.

이 근처에 있었던 캐서린은 먼저 병원에 도착했지만 아직 딸아이의 얼굴을 보지 못하고 있었다. 검사가 끝날 때까지 기다려 달라는 말이 돌아왔을 뿐.

그게 그녀를 불안하게 만들었다.

그런 상황에 원지석마저 패닉에 빠진다면, 상황은 걷잡을 수 없이 악화될 터였다.

"내가 말하겠네."

"조제."

캐서린을 대신해 입을 연 사람은 무리뉴였다. 백발이 성성한 노인은 수척한 얼굴로 한숨을 쉬었다.

엘리가 쓰러지는 걸 바로 앞에서 본 사람이 그였다고 했으니, 보통 충격이 아니었을 것이다.

"이야기를 나눌 때만 하더라도 딱히 어디가 아파 보이진 않았네."

노인은 오늘 있었던 일을 떠올렸다.

손녀처럼 여기는 아이가 조언이 필요하다며 상담을 요청했고, 기쁜 마음으로 어울려 주었다.

문제는.

상담을 다 끝내고 헤어질 무렵, 아무런 전조 없이 엘리가 쓰러졌다는 거다.

당황한 그는 서둘러 원지석에게 전화를 걸었고, 병원에 연락을 취했다.

"엘리는 이미 완치가 된 게 아니었나?"

"네. 그랬죠."

어릴 때 치료를 받았고, 위험한 요소는 모두 제거되었을 터였다.

그렇기에 두려웠다.

설마 이 끔찍한 주박이 딸아이에게서 떨어지지 않은 걸가 싶어서.

"원? 빨리 오셨군요."

그때였다. 피곤한 얼굴의 간호사가 검사실에서 나와 그들을 보았다.

"어떻게 됐습니까?"

"큰 문제는 아니에요. 자세한 건 남편이 설명해 줄 테니, 안으로 들어가세요."

그 말에 원지석은 한숨을 쉬었다.

다행이다. 정말 다행이었다.

곧 세 명은 검사실에 들어갔고, 안에서 멀뚱한 얼굴로 고개를 갸웃거리는 엘리의 모습을 확인했다.

"엘리!"

"어, 엄마?!"

어머니가 울먹거리며 자신을 꽉 껴안자 엘리는 당황을 감추지 못했다. 더군다나 그 옆에 있는 아버지의 심각한 얼굴 역시 마찬가지였고.

"왜 이래? 여긴 또 어디고?"

엘리는 쓴웃음을 짓고 있는 무리뉴에게 눈빛으로 신호를 보냈다. 보고만 있지 말고 설명을 해달라는 뜻이었다.

"혹시 쓰러졌던 걸 기억하니?"

"제가요?"

무리뉴의 말에 엘리는 고개를 갸웃거렸다. 그녀가 마지막으로 기억하는 건 할아버지에게 고맙다는 말을 하며 자리에서 일어나는 거였고, 거기서 퓨즈가 끊긴 것처럼 기억이 나질 않았다.

"정말 쓰러졌었나요?"

"심장에 좋지 않은 경험이었단다."

그런 대화가 오가는 사이.

원지석은 늙은 주치의에게 다가갔다.

늙은 주치의는 식어버린 홍차로 목을 축이고선 입을 열었다.

"우려하실 정도는 아닙니다."

"역시 그게 문제인가요?"

그것. 많은 의미를 함축한 단어였다.

가족력, 혹은 원지석을 의미할지도 몰랐고.

"글쎄요. 가능성은 높지만 검사 결과 큰 이상은 없습니다. 오히려 다른 곳에서 이유를 찾는 게 빠를지도 모르겠군요."

늙은 주치의는 검사 결과를 보며 손가락을 두드렸다. 만약 다른 사람이었다면 술 담배 그만하고, 짠 음식 피하고, 스트레스 받지 말라는 소리를 적당히 해줬을 것이다.

하지만 이 가족에게는 그럴 수 없었다.

"조심해서 나쁠 건 없겠죠."

그는 마지막으로 무언가를 끄적이며 마무리를 준비했다. 굉장히 피곤한 하루였다. 갑자기 이런 일이 터질 줄은 베테랑인 주치의 역시 예상하지 못했었다. 더군다나 그 환자가 다름 아닌 엘리일 줄이야.

눈앞의 꼬마는 기억할지 모르겠지만.

그때 치료를 해준 사람이 자신이었으니까.

"적어도 1년 정도는 한 달에 한 번씩 주기적으로 검사를 받으십시오. 따님은 아버지와 같이 오면 되겠군요."

"네?"

엘리가 조금 당황한 눈초리로 되물었다.

설마 그 어색한 시간을 한 달에 한 번씩 가지라는 건 아니겠지?

하지만 그런 말은 입 밖으로 나오지 않았다. 껴안고 있는 캐서린이 반론은 받지 않겠다는 듯 싱긋 웃었기 때문이다.

오랜 경험상.

아버지가 화나는 것보다 어머니가 화를 낼 때가 더 무서웠으니까.

"하지만 원."

늙은 주치의는 나지막이 입을 열었다.

"오히려 걱정스러운 건 당신입니다. 당신이 쓰러지면 이 아이처럼 무사히 눈을 뜰 거란 보장이 없어요."

그 경고에.

무리뉴는 한숨을 쉬며 머리를 긁적였고, 엘리는 자신을 안은 어머니의 팔에 힘이 더해지는 걸 느꼈다.

"그런가요."

원지석은 크게 동요하지 않았다.

사실 당연하다면 당연한 이야기였다.

약.

약의 유무는 생각보다 크다.

그는 치료하기에 가장 적절한 때를 놓쳤기에 약을 떼지 못한다. 기술적인 이유가 가장 컸기에 누구를 탓할 수도 없겠지만.

그러나 엘리는 다르다. 딸아이는 근본적인 치료를 끝냈기에 나중에라도 약이 필요한 일은 없을 터였다. 어쩌면 오늘 무사히 끝난 이유도 그 덕분일지 몰랐고.

원지석은 한국에서 들었던 큰아버지의 소식을 떠올렸다. 한 번의 발작으로 죽어버린 그 사람을.

그 사람이라고 해서 약을 먹지 않았을까.

늙은 주치의의 말은 그것과 다르지 않아 보였다.

만약 그가 딸아이처럼, 큰아버지처럼 쓰러진다면 무사히 끝날 거란 보장은 없었다.

*　　　　　*　　　　　*

돌아가는 길.

엘리는 창밖의 풍경을 보고 있었다.

슬쩍 고개를 돌리니 운전대를 잡은 원지석의 모습이 보였다. 그렇다. 돌아가는 길은 아버지와 함께인 것이다.

캐서린과 무리뉴는 각자의 차를 타고 돌아갔고, 그녀는 어머니의 뜻에 따라 아버지의 차에 탔다.

"조제에게 좋은 와인을 선물해야겠는걸."

나름대로 분위기를 쇄신하려는 걸까, 원지석이 입을 열었다. 하지만 손뼉도 마주해야 소리가 나는 법.

엘리는 입을 다물었고.

멋쩍게 입가를 쓸어내린 원지석은 다시 운전에 집중했다.

'바보같이.'

그녀는 속으로 한숨을 쉬었다. 이래서야 오늘 있었던 상담이 무의미해지지 않는가.

할아버지, 무리뉴는 서먹한 관계에 대해 이런저런 조언을 해주었다.

'너의 불만도 이해가 가지만, 나 역시 축구에 평생을 바쳤던 사람으로서 이야기해 주고 싶은 부분이 있구나.'

한때는 세계 축구 최정상에 있던 사람이었으니, 그처럼 원지석의 입장을 이해해 줄 사람도 드물 것이다.

그리고 그가 내놓은 조언은 의외로 간단했다. 시간이 자연스레 해결해 줄 수도 있지만, 서로의 노력에 따라 그 시간은 대폭 줄어들 거라고.

"저기."

"응?"

엘리가 먼저 말을 꺼내자 원지석이 눈을 끔뻑였다.

"아무것도 아니야."

하지만 대화는 이어지지 않았다.

다시 침묵이 깔리려던 순간.

한 걸음 다가간 것은 원지석이었다.

"참, 이거."

원지석은 품에서 무언가를 꺼내 딸아이에게 건넸다. 그걸 받은 엘리는 눈을 크게 뜨며 아버지의 얼굴을 보았다.

시계였다.

"이걸 왜?"

"이른 크리스마스 선물?"

원래는 멋들어진 포장도 하고 싶었는데.

쓴웃음을 지은 원지석이 괜스레 어깨를 으쓱였다.

누군가에게는 단순한 시계일 뿐이지만, 이 시계는 그에게 있어 큰 의미를 가진 녀석이었다.

"내 젊은 시절을 함께한 녀석이야."

아니, 시작을 함께했다고 봐도 좋았다.

첼시의 유소년 감독에서 감독대행이 되었을 때 샀던 물건으로.

비록 누구나 알 법한 고가의 브랜드는 아니더라도, 원지석에겐 그런 것들보다 더한 가치를 가졌다.

수많은 혈투를 거치고, 무수히 많은 영광을 들어 올릴 때에도 손목에는 이 시계가 걸려 있었다.

그건 이 세상에 막 태어난 엘리를 안아 들었을 때에도 마찬가지였다.

"…아직 크리스마스까지는 시간이 남았는데?"

"요즘에는 셋이 함께 있질 못했잖니? 이번에도 혹시 모르니까."

엘리는 얼떨떨한 얼굴로 고개를 끄덕였다.

크리스마스이브가 부모님의 결혼기념일인 만큼, 그녀 나름대로 분위기를 위해 자리를 비켜준 적이 많았다. 그게 다른 의도로 해석되었던 걸까.

'이른 크리스마스 선물이라.'

손 위에 올려진 시계는 새것처럼 관리가 잘 되어 있었다. 사실 엘리도 몇 번 본 적이 있는 시계였다. 아버지의 예전 사진이나 동영상 자료들을 통해서 말이다.

그녀는 이 시계의 가치를 잘 알고 있었다.

"괜찮아? 이런 걸 받아도?"

"굳이 차고 다닐 필요는 없단다. 무겁게 받아들일 필요 역시 없고."

원지석으로서는 딸아이가 부담을 가지지 말아줬으면 싶었다.

굳이 이걸 선물로 준 이유는 지금까지처럼 갓난아이로 취급하지 않겠다는 뜻과.

앞으로 걸어갈 길에 대해 원지석 본인이 그랬던 것처럼, 고난이 있어도 잘 버텨줬으면 하는 바람이 들어갔을 뿐.

"아니, 그런 게 아니야."

엘리는 바로 손목에 시계를 찼다.

째깍째깍 소리를 내는 초침을 보며, 그녀는 미소를 지었다.

항상 아버지와 같은 시간을 보냈던 초침이, 이제는 자신과 함께한다.

"고마워. 소중히 할게."

아버지의 앞에선 몇 년 만에 보여주는 웃음일까.

서먹하기만 했던 아버지와 딸의 관계는 어느 한쪽이 바란다고만 해서 바뀌지 않는다.

작은 변화였고.

그것만으로 모든 게 해결되지는 않았지만.

분명 무의미하지 않았다.

*   *   *

크리스마스가 지났다.

다르게 말하자면, 잉글랜드의 연휴 기간인 박싱 데이가 시작된다는 말이었다.

"원! 이쪽입니다!"

"다들 일찍 오셨네요."

차에서 내린 원지석을 보며 스벤이 손을 흔들었다. 약속 시간보다 빠르게 왔음에도 적지 않은 사람들이 있었는데, 그는 따끈따끈한 차를 받으며 감사 인사를 건넸다.

"감사합니다. 모두 온 건가요?"

"케빈이 오지 않았어요."

"뭐, 언제나 그렇듯 늦지 않게 오겠지요."

"러시아워에서도 귀신같이 도착하는 사람이니."

누군가의 말에 다른 이들도 웃음을 터뜨렸다. 대부분이 과거에 한솥밥을 먹었다 보니 이 상황이 익숙하기도 했다.

"크리스마스는 잘 보내셨습니까?"

"덕분에요."

슬쩍 속삭이는 대머리 코치의 물음에 원지석이 웃었다.

결혼기념일인 크리스마스이브부터 크리스마스까지, 아주 좋았던 시간들이었다.

특히 캐서린은 달라진 분위기를 느꼈는지 행복한 기색으로 얼굴을 묻었었다.

거기다 대머리 코치의 조언처럼 다음 휴가 땐 여행을 가자는 약속마저 잡았으니까. 그 정도만으로 장족의 발전이라 할 수 있지 않은가.

다만.

뒤늦게 소식을 들은 요크 부부의 과한 걱정에, 엘리는 피곤한 모습으로 한숨을 쉬었지만 말이다.

"재충전의 시간을 가졌으니, 이제 일을 하러 가야죠."

원지석은 주위를 둘러보았다.

뉴 구디슨 파크.

정들었던 구디슨 파크를 떠난 에버튼의 새로운 홈구장.

오늘 이곳에서 박싱 데이의 시작을 알리는 에버튼과 뉴캐슬의 경기가 시작된다.

─여기는 뉴 구디슨 파크입니다! 프리미어리그의 분수령, 박싱 데이가 곧 시작되는데요! 이제 새로운 홈구장에 익숙해졌을 에버튼이 손님으로 뉴캐슬을 맞이합니다!

─선수들이 터널에서 준비하는 모습이 보이는군요.

중계 카메라가 두 명의 선수를 잡았다.

존 모건과 윌킨스.

국가대표 동료로서 호흡을 맞추며 부쩍 친해진 둘이 이야기를 나누는 중이었다.

"들었어? 오늘 경기장에 원 감독님도 왔다던데."

"정말요?"

그 말이 무섭게 화면이 바뀌며 원지석의 모습이 잡혔다. 날이 추워서인지 머플러로 입가를 가렸다지만, 그 날카로운 눈매는 흔치 않았으니까. 그 옆에는 언제 왔는지 모를 케빈이 있었다.

잉글랜드의 감독이 이곳에 왔다는 건 기본적으로 국가대표 주전 멤버들의 컨디션을 확인하는 거였고.

조금 바꾸어 말하자면.

저 녀석들보다 좋은 모습을 보여줄 경우, 삼 사자 군단의 새로운 멤버로서 가능성을 보여줄 수 있는 쇼케이스라는 소리였다.

'어쩌면.'

'나도.'

'존 모건이 됐는데.'

원지석의 눈에 들기 위해.

잉글랜드 국적을 가진 선수들의 눈빛이 바뀌었다.

*   *   *

현재 프리미어리그의 대략적인 윤곽은 잡혔다고 할 수 있었다. 적어도 상위권은 말이다.

첼시와 리버풀이 왕좌를 다투었고.

그 뒤를 맨유가 여유롭게 추적하고 있지만.

문제는 남은 한 자리였다.

일반적으로 챔피언스리그 티켓은 네 장이 주어진다. 이건 원지석이 프로감독이 되었을 때부터 지금까지 쭉 유지된 사항이었다.

이 마지막 티켓.

유럽 챔피언을 향한 도전장은 사실상 한 장이 남았다.

"승점 1점, 아니, 한 골에 챔피언스리그냐 유로파리그냐 갈리는 거지."

케빈이 그라운드에 입장하는 선수들을 보며 중얼거렸다. 그러면서 대머리 코치가 나눠 준 따뜻한 커피를 한 모금 마셨는데, 커피로 적셔진 수염을 쓱 닦아내며 혀를 찼다.

"면도 좀 해요."

"싫거든? 요즘 같은 추위엔 또 이게 따뜻해."

원지석의 지적에 케빈이 수염을 한 번 긁적였다. 무슨 털갈이를 하는 짐승도 아니고, 겨울에는 더욱 복실해진 수염이었다.

"다른 팀들은 이 경기가 비기기만을 바라겠지만."

케빈의 말을 이어받은 건 스벤이었다.

주름으로 우묵한 눈이 양 팀의 선수들을 훑었다.

에버튼과 뉴캐슬.

거기에 최소 두 팀이 더 별들의 무대에서 뛰기 위해 최선을 다하고 있다.

그들로서는 이 경기가 어느 한 팀의 승리 대신, 사이좋게 승점 2점을 놓치길 바라고 있을 터였다. 그래야 자기들이 치고 나갈 기회가 생기니까.

"즐거운 경기를 보여줬으면 좋겠군."

그 치열함이 퍽 마음에 들었는지.

늙은 스카우터가 두꺼운 안경을 꺼내며 웃었다.

한때는 유럽만이 아닌 전 세계를 돌아다니며 선수들을 지켜본 눈이었다. 그런 눈을 호강시키는 건 쉽지 않을 거다.

삐이익!

경기가 시작되었다.

―가볍게 패스를 주고받는 에버튼입니다.

―뉴캐슬의 압박이 강하지만 쉽게 공을 뺏기지 않네요.

에버튼은 홈경기임에도 적극적인 공격을 취하지 않았다.

이는 그들이 준비한 전술이기도 했지만, 징크스를 의식한 점도 있었다. 원정보다 홈에서 부진한 모습을 보여주는 기묘한 징크스 말이다.

홈이 홈 같지가 않다.

오랫동안 둥지를 틀던 곳을 떠났으니 쉽게 적응하지 못하는 건 어찌 보면 당연한 이야기였다.

이러한 사례가 없던 것도 아니다.

프리미어리그에서 전례를 찾자면 과거 아스날을 꼽을 수 있었다. 아스날 스타디움. 일명 하이버리에서 전성기를 맞이했던 그들은 새로운 홈구장의 필요성을 느꼈고, 많은 돈을 들여 정든 하이버리를 떠났다.

그리고 그들은 꽤 오랫동안 부진을 겪으며 힘든 시간을 보내야만 했다.

자금적인 문제, 선수들의 이탈, 감독의 매너리즘 등.

이유를 찾자면야 많겠지만.

당시 아스날을 이끌었던 전설적인 감독, 벵거마저 새로운 홈구장에서 적응하는 데 긴 시간이 필요했다고 털어놓았을 정도로 중요한 요소였다.

─그래서 뉴 구디슨 파크가 개장되었을 때는 강등권 싸움마저 겪었었죠?

─최대한 빠르게 수습을 하고, 여기까지 회복한 모습을 보면 대단하긴 해요.

중계진이 에버튼의 부진과 그걸 어떻게 극복했는지에 대해 떠드는 사이에도, 경기는 계속 진행되고 있었다.

에버튼의 뒷문은 단단했다.

그 문을 지키는 수문장은 존 모건이었다.

"난 제프보다 저 녀석이 더 눈에 띄는 거 같아."

케빈은 방금 있었던 클리어링을 보며 작게 감탄했다.

후반기에 들어서 사람들의 관심은 제프에게 쏠렸지만, 존 모건 역시 그 못지않게 노련한 모습을 보여주고 있었다. 스벤 역시 고개를 끄덕이며 긍정할 정도로.

"나이가 많은 게 아쉽군."

조금만 더 어렸다면.

분명 많은 클럽들이 군침을 흘리며 구애하지 않았을까.

야속한 이야기였다. 대기만성이라는 좋은 말이 있음에도, 거대 스카우트 팀을 이끌며 유망주를 발굴했던 노인에게는 그 점이 아쉬웠다.

"존 모건은 걱정할 필요가 없어 보이는군."

"부상이나 당하지 않게 비는 수밖에."

둘의 대화를 듣던 원지석은 다른 쪽으로 시선을 돌렸다. 오늘은 존 모건만을 보기 위해서 온 게 아니었으니.

때마침.

오른쪽 측면에서 길게 오버래핑을 하는 월킨스의 모습이 보였다.

─월킨스! **빠릅니다!**
─에버튼의 수비들이 따라붙지 못하고 있어요!

결국 존 모건의 지휘 아래 에버튼의 수비진들은 직접적인 압박을 포기하고, 먼저 공간을 점하는 방법을 택했다.

퉁!

기어를 바꾸듯.

윌킨스가 공을 길게 차며 페널티에어리어를 향해 달렸다.

이어진 짧은 크로스에 뉴캐슬의 공격수들이 헤딩을 시도했지만, 결국 아무도 성공하지 못하며 라인을 넘고 말았다.

"허허."

스벤은 그런 윌킨스의 모습에 미소를 지었다. 누군가가 떠올랐기 때문이다.

브레노.

그가 발굴하고, 원지석이 키운.

라이프치히의 야생마.

사실 윌킨스를 추천한 이유는 녀석에게서 브레노를 처음 봤을 때와 흡사한 느낌을 받았기에 그랬다.

수비적으로는 평범, 아니, 오히려 기준에 미치지 못하지만.

방금 같은 오버래핑은 자기도 모르게 브레노의 모습을 떠올릴 정도였다.

"브레노라. 그럼군요. 지금쯤 뭘 하고 있을지."

"곧 죽을 늙은이도 아니고 무슨. 집에서 밥 먹고 있겠지."

"…자네에게 한 말이 아니야."

시큰둥한 케빈의 대답에 스벤이 얼굴을 구겼다.

최근 그 행보에 대해선 언론이나 SNS를 통해 충분히 알 수 있긴 하지만, 노인의 감수성이란 게 그렇지 않은가.

"딱히 주목할 선수는 없네요."

이어지는 경기 양상에 원지석이 안경을 고쳐 썼다.

물론 뛰어난 선수가 있긴 했다. 괜히 챔피언스리그 경쟁을 하는 게 아니었으니.

다만 그 선수들은 잉글랜드 국적이 아니라는 게 문제였다.

잉글랜드 국적의 선수들 역시 최선을 다하고 있지만, 냉정히 말해 현재 삼 사자 군단에 있는 녀석들과 비교해서는 부족한 게 사실이다.

물론 그 최선이 의미가 없진 않았다.

나중에라도 부상, 혹은 경쟁자의 부진으로 기회를 얻을지 누가 알겠는가.

―뉴캐슬이 점점 더 공격적인 모습을 보여주는군요!

후반전도 막바지에 접어들며 양 팀의 감독들은 교체 카드를 통해 변화를 주었다.

특히 뉴캐슬의 공격이 매서웠는데, 공격수들의 부진이 이어지자 결국 풀백들에게 높은 공격 가담을 지시한 것이다.

그게 유효했다.

―다시 한번 크로스를 올리는 윌킨스!
―이번엔 제대로 감겼어요! 슈우웃!
―고오오올! 골입니다 골! 균형을 깨뜨리는 뉴캐슬의 선제골!

뉴 구디슨 파크가 침묵에 잠겼다.

설마 또 징크스인가.

그런 허탈함이 에버튼을 서서히 좀먹을 정도로.

"징크스라는 건 괜히 징크스가 아니지."

그 분위기에 원지석은 혀를 찼다. 사실 징크스라는 건 처음부터 존재하진 않는다. 어떤 우연이 겹치고, 사람들이 이를 의식하며, 거기에 겁을 먹는 순간부터 실체가 없던 징크스는 모습을 드러낸다.

"홈에서 이런 경기력인데 챔피언스리그 경쟁을 하는 것도 신기하네."

"원정에선 또 좋은 모습을 보이거든요."

신기하게도 에버튼은 원정에서 아주 좋은 모습을 보여주고 있었다. 우승 경쟁 팀인 첼시와 리버풀을 꺾을 정도였으니까.

안방 호랑이가 아닌 원정 호랑이라.

원지석이 피식 웃으며 손목에 걸린 시계를 확인하고 있을 때, 에버튼은 사실상 마지막 찬스를 얻는 데 성공했다.

─코너킥을 얻어내는 에버튼!

─추가시간의 추가시간인 만큼 에버튼의 골키퍼까지 세트피스에 가담하는군요!

에버튼의 골키퍼가 페널티박스 안을 서성였다. 자칫하면 실점의 위기를 초래할 위험한 행동이지만, 팀이 지고 있는 상황에 시간이 시간인 만큼 어쩔 수가 없었다.

"힘들어 죽겠네."

존 모건이 자신의 앞에 선 윌킨스를 보며 말을 걸었다.

자신을 마크하는 담당으로 녀석이 오다니. 국가대표 동료로서는 함께 수비를 했기에 묘한 느낌이었다.

"그럼 이대로 끝내면 안 될까요?"

"차라리 죽는 게 낫지."

뉴캐슬 선수들 역시 모두 페널티에어리어에 들어왔다.

이것만 버텨내면 챔피언스리그에 한 걸음 다가선다. 그 일념으로 마지막 집중력을 쥐어짜 내려 할 때.

분위기가 바뀌는 일이 벌어졌다.

웃으며 대화를 나누던 존 모건의 얼굴이 갑자기 바뀌더니, 윌킨스의 어깨를 짚고선 높이 점프를 한 것이다.

―높이 올려지는 크로스!

―선수들이 헤딩 경합을 합니다!

―존! 존 모거언!

팬들의 걱정을 덜어주는.

멋진 헤딩골이 터졌다.

―고오오올! 경기가 끝나기 직전! 상황을 되돌리는 존 모건의 극적인 동점골!

와아아!

뉴 구디슨 파크에 엄청난 함성이 울렸다. 존 모건은 그런 팬들에게 달려가 셀레브레이션을 펼쳤고, 곧 경기장이 출렁일 정도로 엄청난 반응이 돌아왔다.

"징크스를 깨는 것 또한 어렵지 않지."

원지석은 그런 존 모건을 보며 미소를 지었다. 결국 이기면 된다. 미지의 공포는 그 정도로 쉽게 사라진다.

삐이익!

결국 경기 종료를 알리는 휘슬이 울렸다.

스코어는 1 : 1.

다른 팀의 팬들에겐 매우 좋은 소식이었고, 어찌 됐든 에버튼 팬들로서는 천만다행인 경기였다.

*   *   *

「[BBC] 존 모건의 극적인 동점골!」

「[스카이스포츠] 에버튼과 뉴캐슬의 무승부에 미소 짓는 경쟁자들!」

본격적인 박싱 데이가 시작되었다.

이 기간을 통해 그들은 현재 위치를 공고히 다지거나 반등시키기를 원했고, 굳이 유럽 대항전이 아니더라도 치열한 경쟁이 이어졌다.

「[BBC] 박싱 데이 그 두 번째 라운드」

「[스카이스포츠] 첼시 VS 리버풀 프리뷰」

그리고 마침내.

어쩌면, 이번 시즌 가장 중요한 경기가 곧 시작된다.

"이렇게 오니 낯서네."

원지석은 첼시의 홈인 뉴 스탬포드 브릿지의 가장 좋은 자리에 있었다. 구단에서 배려를 해준 것이다.

그라운드를 내려다보자 벤치가 보였다.

저곳이 항상 그가 있었던 곳이었다.

이제는 첼시의 감독직을 내려놓았지만, 아직은 이 자리가 낯설었다.

"아저씨!"

그때 들려온 어린아이의 목소리에 원지석은 고개를 돌렸다.

볼살이 통통한 꼬마가 킴의 손을 잡고 있었다.

"루이스!"

"안녕하세요!"

이 녀석이 루이스.

킴의 아들이었다.

그뿐만이 아니라 제임스 역시 아내인 제시, 딸 엠마와 함께 이쪽으로 오는 게 보였다.

엠마는 이제 어린 티를 찾기 힘들 정도로 성장했는데, 역시 애들은 빨리 크는구나 싶었다.

"안녕하세요! 루이스도 안녕!"

"안녕!"

엠마는 밝게 웃으며 인사를 건넸다.

부모님의 사랑 덕분인지, 그녀는 밝은 미소가 어울리는 사람이 되었다.

"앤디 오빠는요?"

"글쎄?"

"야, 걔가 왜 오빠야. 아저씨 아니면 삼촌이지."

"앤디 오빠는 오빠거든!"

딸아이가 고개를 두리번거리며 앤디를 찾자 제임스가 정색을 했다.

아닌 게 아니라.

최근 앤디에게 사랑을 고백하며 목뒤를 잡은 일이 있었기 때문이다.

그 상황을 보진 못하고 이야기로 전해 들은 원지석이 쓴웃음을 지었다. 어쩌면 오늘 앤디는 오지 않을지도.

"아줌마랑 엘리는요? 같이 오지 않으셨나요?"

"엘리는 캐시와 함께 미국으로 갔어."

슬슬 장래를 고민하는 걸까.

엘리는 캐서린에게 엄마가 무슨 일을 하고 있는지 보고 싶다며 졸랐고, 결국 요크 부부까지 동반한 가족 여행이 되었다.

—여러분! 오늘은 반가운 손님들이 왔습니다!

그때 뉴 스탬포드 브릿지를 쩌렁쩌렁 울리는 소리가 들렸다. 장내 아나운서의 목소리였다.

—원지석 감독과 킴, 그리고 제임스가 가족들과 함께 왔군요!

거대한 전광판에 그들의 모습이 비추어지자 관중들이 환호하며 박수를 보냈다.

첼시 역사상 가장 찬란했던 순간을 만들었던 사람들이었다. 오늘 여기에 온 팬들 중에는 그들 덕분에 축구에 빠진 이들도 적지 않았고.

"부끄럽게."

원지석이 손을 흔들자 엄청난 함성이 터졌다.

적어도 뉴 스탬포드 브릿지에서 그의 위상은 신보다 높다는 말이 괜히 나오는 게 아닌 장면이었다.

"그냥 첼시로 돌아가는 건 어때요?"

"나중에."

언젠가는 다시 돌아가지 않을까.

분위기가 정리되었고, 얼마 지나지 않아 양 팀의 선수들이 터널을 지나 그라운드에 들어오는 모습이 보였다.

첼시와 리버풀.

우승을 노리는 두 팀의 대결.

사람들은 기대 어린 얼굴로 그들을 보았다. 그건 원지석 역시 마찬가지였는데, 오늘은 한 명의 축구 팬으로서 곧 있을 경기를 기대했다.

"저기 리암이다."

"그러게. 이안도 있네."

"둘이 꽤 친해졌나?"

리암과 이안은 서로 주먹을 맞대며 미소를 지었다. 늑대처럼 홀로 노는 걸 좋아하는 이안으로서는 의외의 모습이었다.

마주 댄 주먹이 떨어졌고.

삐이익!

경기가 시작되었다.

첼시의 홈인 만큼 푸른 사자가 그려진 엠블럼이 곳곳에서 흔들렸다. 리버풀의 선수들은 굳은 얼굴로 멘탈을 잡았다.

하지만 얼마 지나지 않아.

뉴 스탬포드 브릿지의 분위기가 찬물을 맞은 것처럼 가라앉아 버렸다.

─고, 고오올! 이안! 이안이 골을 만들어냅니다!

─이게 대체 무슨 상황인가요?!

첼시는 이른 시간부터 실점을 허용했고, 중계 카메라는 짓궂게도 이안이 아닌 다른 사람을 잡았다.

원지석.

떨떠름하게 굳어버린 그의 얼굴을.

＊　　　　＊　　　　＊

강렬한 골이다.

또한 어설픈 수비였다.

경기 시작부터 터진 이안의 골은 그렇게 설명할 수 있었다.

가볍게 공을 돌리던 리버풀은 긴 스루패스를 찔렀고, 민첩한 움직임으로 오프사이드트랩을 깬 이안은 공을 톡 찍었다. 그게 골이 된 것이다.

─경기 시작부터 리드를 잡는 리버풀!

─첼시로서는 분발이 필요한 상황!

하지만 첼시는 좀처럼 반전의 기회를 잡지 못했다.

그들이 자랑하는 중원은 제대로 돌아가지 않았으며, 이는 의미 없는 점유율이 얼마나 쓸모없는지를 보여주는 것만 같았다.

"한심하네."

킴이 못 볼 걸 봤다는 듯 혀를 찼다.

겉모양새는 원지석이 감독을 하던 때와 비슷해 보였으나, 정작 그 알맹이가 달랐다.

기본적인 구조가 워낙 탄탄했기에 그것만으로도 충분히 강한 팀이었지만… 결국 겉핥기는 한계가 드러나는 법.

"이래서야 우승은 글렀다."

"신랄하다, 너."

제임스가 매서운 얼굴의 킴을 보며 쓰게 웃었다.

뭐, 틀린 말은 아니다. 지금은 우승 경쟁을 하고 있지만 시즌 말미로 갈수록 격차는 더욱 벌어질 터였다.

그래도 킴이 이렇게 화를 낸 모습은 오랜만에 보았다.

어릴 때부터 골수 첼시 팬이었으니 더욱 화가 난 걸지도.

"하아."

원지석 역시 한숨을 쉬며 입가를 쓸어내렸다.

물론 현 첼시 감독의 뜻을 이해하지 못하는 건 아니다. 바로 전 시즌에 큰 성공을 거둔 스쿼드가 그대로 있으니, 굳이 바꿀 필요가 없었겠지. 더군다나 팬들의 반발도 클 테니 말이다.

다만.

다른 팀들이라고 해서 놀고만 있진 않는다.

―다시 한번 빠르게 올려지는 리버풀의 패스!

―이번에도 헤딩 경합에서 승리합니다!

리버풀은 공격형미드필더 자리에 키가 매우 큰 선수를 배치시켰다. 사람들의 예상을 깬 선발이었다.

다른 능력은 부족해도 헤딩 하나만큼은 최고라 평가받는 선수였는데, 그는 정확한 헤딩으로 이안에게 공을 건네주었다.

공을 받은 이안은 간결한 터치로 공을 잡아두고.

그대로 슈팅을 때렸다.

─이럴 수가! 또 한 번 엄청난 골을 만들어내는 이안!

─첼시가 침몰하고 있습니다!

강하게 쏘아진 슈팅은 골문 구석을 향해 대포알처럼 쏘아졌고, 골키퍼가 손끝으로 막았음에도 끝내 안쪽으로 들어가고 말았다.

스코어는 2 : 0.

어쩌면.

푸른 제국의 몰락을 알리는 신호탄일지도 모를 골이었다.

"그러지 않았으면 좋겠지만."

그 제국을 쌓아 올린 원지석이 씁쓸히 중얼거렸다. 영원한 건 없다. 축구계에서도 그건 변하지 않는 사실이다.

물론 지금 당장은 무너지지 않더라도.

거기에 안심해서는 안 된다.

'루니의 골이 될지, 아닐지.'

이안의 골은 흡사 그 골을 떠올리게 했다.

아주 오래전, 당시 전성기를 구가하던 벵거의 아스날이 무패 우승이란 업적을 세우며 화룡점정을 찍었을 때의 일이다.

영원히 무적일 것만 같았던 그들은.

다음 시즌 에버튼의 어린 유망주에게 골을 먹히며 무패 기록이 깨지게 된다.

그게 훗날 잉글랜드의 전설이 되는 웨인 루니다. 당시만 하더라도 그 당찬 신예가 그런 선수로 성장할 거라, 벵거의 아스날이 더는 리그 트로피와 인연이 없는 팀이 될 거라 예상한 사람은 없었겠지.

그동안 원지석이, 첼시가 지배했던 프리미어리그는 바뀌어가고 있었다.

─첼시가 더욱 공격적인 변화를 줍니다.

─리암마저 빠지네요.

교체로 아웃 되는 리암의 얼굴은 그리 밝지 못했다. 오늘 본인이 보여준 퍼포먼스에 누구보다 만족하지 못한 것은 그 자신일 터였다.

경기가 막바지로 접어들수록 첼시는 공격을 퍼부었지만, 리버풀의 골문은 쉬이 열리지 않았다.

삐이익!

결국 그렇게.

경기 종료를 알리는 휘슬이 울렸다.

─대단한 승리입니다, 리버풀! 이제 리그 단독 선두로 올라섰군요!

─첼시로서는 이번 패배가 뼈아프겠어요.

뉴 스탬포드 브릿지에 모여든 팬들은 망연한 얼굴로 고개를 돌렸다. 그들은 누구랄 것도 없이 원지석을 바라보고 있었다.

새 감독 역시 좋은 감독이지만.

전임 감독의 위대했던 발자취가 잊히기엔 시간이 부족했다.

"슬슬 돌아가자."

원지석은 씁쓸히 몸을 일으켰다.

애석하지만 그가 할 수 있는 일은 없었다.

지금은 그저.

뒤에서 조용히 응원할 뿐.

＊   ＊   ＊

「[BBC] 두 골을 넣으며 리버풀의 승리를 이끈 이안 로버트!」

「[스카이스포츠] 이안, 환상적인 밤이다」

언론들은 두 명의 얼굴을 크게 걸었다.

한숨을 쉬며 고개를 숙인 리암과, 환호하는 이안의 모습을.

충격적인 결과였다.

달리 설명할 말은 없을 것이다.

이번 시즌 우승을 다투는 두 팀의 대결은 매우 큰 관심을 받았지만, 막상 뚜껑을 열어보니 경기는 리버풀의 일방적인 우세 속에서 끝났다. 무기력했던 첼시의 모습에 허수아비 같았다는 조롱마저 나올 정도였다.

―리버풀은 중요한 경기에서 승부수를 던졌고, 결과론적이지만 첼시는 안일했습니다. 그게 승부를 갈랐죠,

경기를 분석하는 방송에서 한 패널이 정리한 말처럼.
만약 첼시가 승리했다면 아무런 비판도 받지 않았을 터다.
지금까지 같은 전술로 승승장구하고 있었던 데다, 무엇보다 원정팀의 무덤이라 불리는 뉴 스탬포드 브릿지였으니까.

―리버풀이 첼시 원정에서 승리를 거둔 게 얼마 만의 일이죠?
―글쎄요. 근 10년 동안은 없는 걸로 기억하는데요.
―10년이라, 또 하나의 징크스가 깨졌군요.

팀 전술에 대한 분석을 끝낸 그들은 이제 선수 개인에 대한 분석에 들어갔다.

―이안, 이 선수를 빼놓을 수가 없겠죠.
―리버풀의 올드팬으로서 참 정감이 가는 이름이네요. 이안 러쉬에 이어 새롭게 등장한 이안입니다.
―하하, 정말 기쁘신 거 같군요.

이안 러쉬는 80년대 리버풀을 이끌었던 전설적인 골잡이다. 팬들은 같은 이름의 골잡이가 뛰어난 활약을 보여주자 이안의 재림이라며 매우 기뻐했다.

—경기 시작부터 터진 이안의 골은 첼시의 모든 계획을 물거품으로 만들었죠.

경기를 못 본 사람들의 이해를 돕고자 영상 자료가 재생되었다. 이안의 첫 골이었는데, 다시 봐도 감탄이 나올 만한 장면이었다.

—와우.
—리버풀은 첼시를 따돌리며 한 걸음 앞서 나가게 되었고, 첼시로서는 최대한 빠르게 이번 패배를 수습해야 합니다.
—원지석 감독으로서는 묘한 기분이겠네요. 첼시가 패배한 건 슬프지만, 동시에 삼 사자 군단의 선수가 굉장한 활약을 했으니까요. 뭐, 그게 또 국가대표 감독의 매력이겠지만.

그렇게 나머지 경기들까지 분석을 끝낸 그들은.
마지막으로 며칠 뒤에 있을 경기를 언급했다.

—빅 매치도 끝났고, 이제 박싱 데이의 대미를 장식할 경기가 남았습니다.
—제가 가장 기다리는 경기이기도 하죠.

노팅엄 포레스트와 맨유.

알게 모르게 사람들의 이목을 끌었던 두 팀의 경기가 얼마 남지 않은 것이다.

이쪽은 순위 경쟁도, 전통적인 라이벌이 아니었음에도.

제프와 데니스.

두 명의 선수가 만들어내는 긴장감은 박싱 데이를 마무리하기에 부족함이 없어 보였다.

─어느 쪽이 이기든, 재미있겠군요.

그리고 제프는 지금.

제임스와 함께 있었다.

"어때, 감은 잡았냐?"

"네?"

멍청하게 되물은 제프가 눈을 끔뻑 떴다.

다크서클이 진한 눈가에는 피로가 가득했는데, 아무래도 요 며칠간 박싱 데이라는 강행군을 겪었다 보니 굉장히 지친 모양이었다.

"엄살은. 나 때는 더 빡빡했어."

"너 방금 엄청 꼰대 같았다."

자연스레 자기 자랑을 하는 제임스를 보며 킴이 혀를 찼다. 쯧쯧. 날카롭게 귓가를 파고드는 소리가 송곳처럼 아팠다.

"시끄러워. 너는 근데 왜 여기 있는 거야?"

"감독님이 불렀으니까. 가서 훈련 좀 도와달라던데."

"뭐?"

오늘 원지석은 다른 할 일이 있다며 훈련장을 찾지 않았다. 하지만 이 녀석이 올 거란 소리는 듣지 못했기에, 눈살을 찌푸린 제임스가 고개를 갸웃거렸다.

그 반응을 예상했다는 듯 어깨를 으쓱인 킴이 말을 이었다.

"수비수들이 허수아비도 아니고, 언제까지 당하고만 있을 거 같아?"

제프가 명성을 쌓을수록 그에 관한 연구는 활발히 이루어질 것이다. 특유의 위치 선정을 막기 위한 대비책 역시 당연히 나올 터였고.

즉, 슬슬 심화 단계로 가야 한다는 말에.

제임스는 마음대로 하라는 듯 고개를 끄덕였다.

"그럼 다시 본론으로 돌아가서. 어때, 전에 알려준 건 좀 몸에 익었나?"

"아직 그렇게까지는 아니에요."

공을 보지 않고 슈팅하는 것 자체는 어렵지 않았다.

하지만 제임스가 요구하는 스킬은 굉장히 까다로웠는데, 아직까진 실전에서 써먹을 정도는 아니었다.

"조급할 필요는 없어. 그렇게 쉬웠으면 이놈이고 저놈이고 다 따라 하고 다녔겠지. 예를 들자면 그 데니스 같은 녀석이나."

데니스를 언급하자 제프의 퀭한 눈이 더욱 썩어 들어갔다.

역시 언론에서 둘의 대립을 부추기는 상황에 적지 않은 스트레스를 받는 모양이었다. 그로서는 마주한 적도 없는 선수와 갑작스레 좋지 않은 분위기가 형성되었으니.

"흐음."

그 모습이 마음에 들지 않는다는 것처럼.

묘하게 말꼬리를 늘리던 제임스가 입을 열었다.

"야."

"네?"

"나한테 욕을 한번 해봐."

"네?!"

대체 어떻게 하면 그런 결론이 나오는 건지, 갑작스러운 요구에 제프가 눈을 부릅떴다. 제임스 역시 자신의 말이 이상하다는 걸 깨닫고선 손을 내저었다.

"아니, 차라리 이렇게 물어보는 게 낫겠다. 너 욕은 해본 적 있냐?"

"욕이요?"

"가만 보면 너는 항상 겁부터 먹잖아. 적어도 잉글랜드에서 축구를 한다면 깡이 없는 놈은 버티기 힘들어. 깡이 없으면 재능이 넘쳐야 하거든."

그에 대해선 킴 역시 작게나마 긍정했다.

제프는 뭐랄까, 신기한 녀석이었다.

7부 리그처럼 밑바닥에서 선수 생활을 시작한 녀석들은 대부분 특유의 독기를 가지고 있지만, 녀석에게선 그걸 찾아볼 수 없었다.

너를 죽이고 올라서겠다는 그 독기가.

'그냥 천성이 그런 걸지도.'

꼭 거칠어야 할 필요는 없다. 그렇다고 심약한 성격이 도움이 된다는 소리는 아니다. 오히려 도움이 되지 않을 때가 더 많았으면 많았지.

킴은 시끄럽게 떠드는 둘의 모습을 물끄러미 바라보았다.

"아니 그냥 한번 질러보는 것도 못 해? 데니스 이 개새끼야! 만나면 갈아 마셔 버린다! 자! 해봐!"

"모, 못 해요!"

거듭된 요구에도 제프는 히익거리며 고개를 저을 뿐이었다.

결국 제임스는 한숨과 함께 이 우스꽝스러운 상황을 설득했다.

"너, 내가 선수 시절에 어떻게 불렸는지는 알지?"

악마.

어린 나이에 신계를 무너뜨렸다 해서 붙여진 별명.

제임스를 우상으로 삼았던 녀석이 그걸 모를 리가 없었다.

"난 그 별명이 좋아."

괜히 상대방 측에 우습게 보이지 않았으니까. 물론 어떤 또라이들은 네가 그렇게 축구를 잘하냐며 살인 태클을 걸었지만, 지금 말하려는 건 그것과는 조금 다른 이야기다.

"누구나 악마를 품고 있어. 그 비슷한 것이라도."

그게 단순한 승부욕이든, 상대방을 죽이겠는 독기인지는 차이가 있겠지만.

요컨대 꼭 나쁜 마음을 먹으라는 소리가 아니었다. 항상 난
안 된다는 그 음침한 성격을 바꾸라는 것에 가까웠지.

제임스는 제프를 가리키며 물었다.

"너는 뭐지? 네 안에는 뭐가 있지?"

"······."

제프는 입을 열지 못했다.

나는 뭘까? 본인 스스로가 답을 찾지 못했기 때문이다.

"평생 쥐새끼로 남고 싶진 않을 거 아냐."

손가락이 가슴을 쿡 찔렀다.

제프는 자신의 앞에 선 제임스가 무서웠다. 정말 자신을 타
락시키려는 악마 같아서 무서웠다.

"너를 증명해."

"네가 데니스 대신 무엇을 보여줄 수 있는지를 증명해."

"네 안에 있는 악마를 꺼내."

멍한 정신 속에서.

제임스의 말이 머릿속에 각인되었다.

＊   ＊   ＊

"제프? 제프!"

자신을 부르는 소리에 제프는 퍼뜩 정신을 차렸다. 안개가
낀 것처럼 뿌옇던 머릿속이 그제야 선명해졌다.

깨닫고 보니 눈앞에는 물병이 있었다.

그 물병을 내밀던 킴이 걱정스러운 얼굴로 물었다.

"괜찮나? 억지로 무리할 필요는 없어."

안 그래도 지쳐 있을 녀석이었다.

단순히 체력적인 문제만이 아니라 강등권 팀의 기둥이라는 부담감, 언론의 과도한 관심 또한 심리적인 압박이 되었을 터고.

"아니, 아닙니다."

허겁지겁 물병을 받아 드는 녀석을 보며 어깨를 으쓱인 킴이 그 옆에 앉았다. 깔고 앉은 잔디의 느낌이 좋았다.

제프는 그런 킴의 모습을 보았다. 수건으로 땀을 닦지만 별로 지친 모습은 아니었다. 그는 이렇게 기진맥진한데 말이다.

'대단해.'

방금까지 있었던 훈련 세션은 그만큼 격렬했다.

킴이 일대일 압박을 걸었고, 그를 피해 슈팅을 만든다.

거기에 제임스는 만족할 만한 슈팅이 나오지 않는다면 가차 없이 다시 하라는 비판을 날렸다.

'현역도 아닌데 이 정도라니.'

가끔은 잊었지만.

그와 함께하는 이 코치들은 전설적인 선수들이었다.

특히 킴은 그 나이가 무색하게도 현역 수비수들보다 노련한 압박을 보여줬는데, 경험이란 게 이런 건가 싶었다.

"아까 말인데."

"네?"

"제임스가 한 이야기 때문에 그렇게 신경이 쓰인다면, 그냥 대충 흘려도 돼."

킴은 제임스의 말에 어느 정도 공감하면서도.

그와는 반대되는 의견을 꺼냈다.

"어디까지나 너 자신의 플레이를 잃지 말라는 거지, 아예 바꾸라는 게 아니거든."

"저도……."

잠시 머뭇거린 제프가 입을 열었다.

"이런 저를 바꾸고 싶어요."

제프는 스스로가 한심했다. 사실 제임스가 한 말이 모두 맞았다. 그는 겁쟁이에, 소심하며, 재능 또한 떨어진다.

배관공 제프.

쥐새끼 제프.

별명이라고 붙여진 것들 역시 멸칭에 가까웠다.

그런 녀석을 보며 피식 웃은 킴이 누군가의 이야기를 해주었다.

"옛날에 말이야. 두 천재와 비교되던 녀석이 있었지. 어릴 때는 축구를 꽤 잘한다고 까불었지만, 진짜 천재들은 달랐던 거야."

우물 안 개구리란 말이 딱 맞을 것이다.

겉으로는 아무렇지 않은 척을 했어도 개구리는 열등감에 시달렸고, 천재들과 비교하는 여론은 그를 지치게 만들었다.

무엇보다 힘든 건.

아무리 노력해도 그 천재들을 따라잡을 수 없다는 거였다.

제프는 이 이야기가 누구의 이야기인지를 깨달았다. 다름 아닌 킴 본인의 이야기라는 것을. 킴의 어릴 적. 막 프로선수로 데뷔했을 때나, 어쩌면 유소년 시절일지도 몰랐다.

"차라리 축구화를 벗어버릴까 고민도 했었지."

그때.

한 사람이 아니었다면 말이다.

원지석 감독.

그가 해준 말을 지금까지 기억한다. 그때를 떠올린 킴은 쓴웃음과 함께 몸을 일으켰다.

"너 같은 녀석, 하나쯤은 있어도 나쁘지 않거든."

세상에 제임스나 데니스 같은 녀석만 있다면 너무하지 않겠는가. 킴은 화장실에서 나오는 제임스의 모습을 확인하고선 다시 몸을 풀었다.

"고생했어. 오늘은 회복 훈련으로 마무리하자."

"네!"

제프는 조금 감동한 얼굴로 킴의 뒤를 따랐다. 마음속 영원한 우상은 제임스지만, 그래도 그에 못지않게 멋있는 사람이었다.

그렇게.

맨유와의 경기가 다가왔다.

*   *   *

―여기는 노팅엄 포레스트의 홈인 시티 그라운드입니다!

―박싱 데이를 마무리하는 경기! 2035년을 마무리하는 경기가 곧 시작됩니다!

한 해를 마무리하는 경기인 만큼 시티 그라운드의 분위기는 어느 때보다 뜨거웠다. 평소 생활이 바빴던 사람들도 연휴를 맞이해 경기장을 찾았으며, 그들은 팀의 엠블럼이 그려진 머플러를 높이 들었다.

노팅엄!

노팅엄!

그들이 부르는 응원 소리가 경기장을 쩌렁쩌렁 울렸다.

손님으로 온 원정팀을 두려워하지 않는다는 기색이 강하게 풍겼다.

―확실히 전력 차이는 맨유의 압도적인 우세로 볼 수 있지만, 변수가 있다면 이곳 시티 그라운드일 겁니다.

홈 깡패.

이번 시즌 노팅엄 포레스트의 또 다른 별명이었다.

홈에서는 비길지언정 단 한 번도 지지 않았다. 홈에서의 성적이 좋지 않았던 에버튼과는 정반대의 경우라 할 수 있었다.

"홈에서는 다른 팀처럼 변하는 녀석들이 있지."

원지석은 홈 팬들의 응원으로 달아오른 시티 그라운드를 느끼며 중얼거렸다. 비록 신식 구장은 아니지만, 증축과 개장을 통해 낡기만 하진 않은 곳이었다.

"그런데 너희 둘, 오늘은 기분이 좋아 보인다?"

그의 시선이 왼쪽의 두 명을 향했다. 제임스와 킴 말이다.

평소에는 티격태격하며 근처에 있는 걸 꺼리더니, 오늘은 기이하게도 사이좋게 앉아 있지 않은가.

"제프를 가르치면서 사이가 좋아졌다네요."

"정말?"

"아닙니다. 절대."

오른쪽에 있던 앤디가 불쑥 말했고, 킴은 정색하며 부정의 뜻을 드러냈다. 킴은 거기서 멈추지 않고 반격까지 하는 데 성공했다.

"저번에는 왜 안 왔어? 너도 초대받았잖아? 엠마가 아쉬워하던데."

첼시와 리버풀의 경기가 있었던 때를 말하는 거였다.

이죽거리는 킴을 보며 앤디의 얼굴이 굳었다.

그 옆에서.

안광을 쏟아내는 제임스의 모습이 보였기 때문이다.

"손대면 죽는다."

"아니, 절대 그럴 생각 없다고!"

"뭐? 지금 우리 딸이 별로라는 거냐?"

"대체 어쩌라는 거야……."

팔불출 아버지의 으르렁거림에 앤디는 식은땀을 흘렸다. 애초에 그는 엠마를 조카 정도로만 봤지, 그 이상으로는 보지 않았다. 그런데 갑자기 사랑을 고백하며 쫓아오는데 오히려 무서울 지경이었다.

"싸울 거면 나가서 싸워."

사이에 낀 원지석이 얼굴을 찌푸리며 바깥을 가리켰다. 나이를 먹어도 여전히 아이 같은 녀석들이다. 차라리 다른 경기장으로 간 스벤과 케빈을 따라갔어야 했나.

"감독님은 어디가 이길 거라 보세요?"

"글쎄. 무승부가 아닐까."

원지석은 노팅엄 포레스트가 홈에서 보여주는 퍼포먼스를 꽤 높게 평가한 듯싶었다.

"만약 데니스가 잘하면 다시 뽑을 의향은요?"

"하하."

짓궂은 질문에 대해선 대충 웃으며 넘겼다. 의미가 있을까. 놈의 지랄 맞은 성격이 고쳐지지 않는 이상은.

그 순간.

호랑이도 제 말 하면 나타난다더니, 거대한 전광판에 데니스의 모습이 잡혔다.

양 팀의 선수들이 터널에서 대기하고 있는 모습들을 보내는 거였는데, 노린 건 아니겠지만 그의 옆에는 제프가 있었다.

와아아아!

죽여!

둘의 모습이 잡히자 홈 팬들, 원정 팬들 할 것 없이 격렬한 반응이 터졌다.

이건 경기를 중계로 보는 사람들 역시 마찬가지일 터라 방송사로서는 최고의 샷일 것이다. 그걸 의도하고 내보낸 거긴 하지만.

'왜 하필.'

제프 역시 자신의 옆에 선 데니스를 보며 마음이 타들어가는 걸 느꼈다. 제임스가 해준 조언은 마음속에 깊은 파문을 남겼지만, 사람이란 건 그리 쉽게 변하지 않는다.

악마?

지금 그에게 악마는 저 데니스였다.

그래도 전처럼 지레 겁에 질리지 말자고 다짐한 게 며칠 전의 일이었다.

호기롭게 악수라도 신청해 볼까, 말까, 그런 고민을 할 때.

둘의 눈이 마주쳤다.

기회다. 제프는 이걸 기회 삼아 입을 열었다.

"아, 저."

"쯧."

하지만 돌아온 것은 차디찬 무시였다.

그 속에는 경멸이 담겨 있었다는 걸 눈치채지 못할 리가 없었다. 악수를 위해 살짝 올려진 제프의 손은 무안함을 감추기 위해 유니폼을 슥슥 닦았다.

"이 새끼가."

그걸 뒤에서 지켜본 노팅엄 포레스트의 동료들이 발끈하며 인상을 구겼다. 그들에게 제프는 애잔한 동생이자, 동시에 팀의 구세주가 될 남자였다.

아무리 쥐새끼라 욕을 먹어도 이 시티 그라운드에서는 영웅인 것이다.

─아, 터널에서 선수들이 신경전을 벌이고 있습니다.

─다행히도 싸움까진 이어지진 않네요.

─데니스와 제프, 플레이 스타일만큼이나 커리어 역시 정반대의 선수들입니다.

데니스는 어릴 때부터 천재란 소리를 들으며 엘리트 코스를 밟은 녀석이었다.

그에 반해.

제프는 어릴 때 몸담았던 구단에서 계약 불가 통보를 받으며 쫓겨났고, 7부 리그에서 배관공 일을 겸업하며 힘들게 선수 생활을 이어갔다.

극과 극의 대결.

더군다나 한 명은 삼 사자 군단에게 버림받았고, 다른 한 명은 그를 대신해 올라갔다.

복수심에 불타고 있을 데니스와, 제프 역시 자신의 가치를 증명하기 위해서라도 질 수 없었다.

'반드시.'

두 명은 같은 생각을 하며 그라운드에 입장했다.

하늘은 어둑어둑해졌지만 밝게 빛나는 스포트라이트가 두 팀을 비추었다. 노팅엄 포레스트의 선수들은 원정을 온 손님들을 죽일 듯이 노려보았으며, 맨유의 선수들은 그런 눈빛에 얼굴을 구겼다.

삐이익!

경기가 시작되었다.

맨유의 선수들은 측면으로 넓게 벌리며 윙어들이 더 많이 움직일 수 있는 공간을 만들려 했다.

리그 최고의 크랙 중 하나인 데니스를 위한 전술이었다.

"좀 더 가까이 붙어!"

노팅엄 포레스트의 감독은 팀의 수비 간격을 유지시키며 공간을 내어주지 않았다. 사실상 541에 가까운 포메이션. 그 최전방을 책임진 건 제프였다.

"저놈만 막으면 돼!"

"쥐새끼한테서 눈을 떼지 마!"

맨유의 수비진들 역시 제프에 대한 경계심을 늦추지 않았다.

그들은 노팅엄 포레스트의 영상 자료를 계속해서 돌려보며 분석했지만, 솔직히 말해 조금 의아한 부분이 있었다. 충분히 압박할 수 있을 거 같았음에도 수비수들은 뒤늦게 제프를 발견했기 때문이다.

영상으로 보는 것과 실제로 겪는 것의 차이가 있는 걸까.

분명한 건.

저 쥐새끼만 틀어막는다면, 노팅엄 포레스트의 공격은 사실
상 묶이게 된다.

─역습을 시도하는 노팅엄! 왼쪽 윙백이 길게 치고 올라가는군
요! 그대로 크로스를 시도합니다!
─그 끝에 있는 건, 제프! 제프예요!

채찍처럼 휘어진 얼리크로스가 수비 뒷공간을 노렸다. 지금
까지 몇 번이고 이어진 노팅엄 포레스트의 득점 공식이지만, 오
늘만큼은 달랐다.

"막았어!"

"이 새끼, 딱 걸렸다."

순식간에 맨유의 선수 두 명이 제프에게 달라붙은 것이다.
아니, 공간 압박까지 하는 선수들을 생각하면 세 명에서 네 명
으로까지 늘어날 터.

한 명이 제프와 몸싸움을 하며 공을 터치하지 못하게 막았
고, 다른 한 명은 그사이에 공을 빼냈다.

─이야! 군더더기 없는 깔끔한 수비!
─쥐구멍이 막혔어요!

항상 드나들던 쥐구멍이 막히자 쥐새끼는 당황을 감추지 못
했다. 본격적으로 골이 터지고 나서는 처음 막히는 일이었다.

하지만 당황할 시간은 주어지지 않았다.

공을 뺏긴 순간부터.

맨유의 역습은 시작되고 있었으니까.

"오."

맨유의 센터백이 길게 뿌린 패스를 보며 원지석은 나지막이 감탄했다. 측면 멀리 있던 데니스에게 정확히 도착한, 환상적인 롱패스였다.

'힘들 게 구한 선수라더니.'

빌드 업이 되는 센터백은 그 가치가 높다.

당연히 치열한 경쟁이 있었고, 이적료가 치솟았다. 맨유는 그 치열한 이적 싸움의 승리자였다.

"이탈리아 출신이라. 잉글랜드 사람이 아닌 게 아쉽네."

무심코 그럴 말이 나올 정도로 뛰어난 선수였다.

다르게 말하자면 세계 대회에서 부딪칠 경쟁자라는 소리니.

그때.

아직 데니스의 시간은 끝나지 않았다.

이제부터 보여줄 자신의 모습을 놓치지 말라는 듯, 녀석은 중앙으로 과감한 돌파를 시도했다.

―공을 잡고 드리블을 하는 데니스!

―한 명, 두 명! 노팅엄의 수비를 계속해서 제칩니다!

―그대로 슈우웃!

노팅엄의 수비수들은 데니스를 막지 못했다. 알고서도 못 막는다는 게 뭔지, 그들은 마치 훈련장의 콘이 된 느낌이었다.

쾅!

결국 페널티에어리어까지 침범한 데니스가 측면에서 공을 감아 찼다.

아름다운 곡선을 그린 슈팅은 골문 구석을 향해 빨려 들어갔고.

골키퍼의 손을 아슬아슬하게 피하며 골 망을 출렁였다.

—고, 고오오올! 골입니다 골!

—이번 라운드, 아니! 이번 시즌 최고의 골로 꼽힐 만한 장면이 나왔어요!

—아! 골을 넣은 데니스가 어디로 가는 거죠?

골이 들어가자마자 데니스는 달리고 있었다. 하지만 원정 팬들이 있는 곳은 아니었다.

사람들의 시선을 잡아끈 그는.

이윽고 어느 한 곳을 손가락으로 삿대질했다.

그 끝에는.

원지석이 있었다.

"새끼."

원지석은 자신을 향한 손가락을 보며 피식 웃음을 터뜨렸다. 하여간 웃긴 놈이었다.

그나저나.

"아직 경기 안 끝났는데."

원지석은 대답을 해주듯 다른 곳을 손가락으로 가리켰다. 자연스레 데니스의, 사람들의 시선이 그쪽을 향해 쏠렸다.

'뭐야, 시벌.'

그 끝을 확인한 데니스는 자기도 모르게 흠칫 놀라고 말았다. 아까와 같은 사람이 맞는지.

탁해진 동공으로 자신을 보는 제프가 있었기 때문이다.

*   *   *

제프의 탁한 눈동자가 데니스를 담았다.

마치 먹물 속에 흐려진 것 같은 자신의 모습에.

데니스는 침을 퉤 뱉으며 몸을 돌렸다.

"기분 나쁘게, 뭐야?"

원지석을 놀릴 때만 하더라도 좋았던 기분이 한순간에 잡쳐 지고 말았다. 그는 방금 자신이 느꼈던 감정을 애써 부정하며 맨유의 진영을 향해 돌아갔다.

그리고.

멀어지는 녀석의 뒷모습을

제프는 끝까지 놓치지 않았다.

"미안하다. 내 실수야."

노팅엄 포레스트의 수비수들이 면목이 없다는 듯 머리를 긁적였다. 아무리 제프가 골을 넣어도, 그들이 골문을 지키지 못한다면 의미가 없다. 실제로 수비 실수로 승점을 날린 경우도 꽤 많았고.

"아니요."

눈가를 한 번 훔친 제프가 말을 이었다.

"제가 바꿀 겁니다."

이 경기를.

본인 스스로를.

다짐과 동시에 강박이 느껴지는 말이었다.

"야, 너무 부담을 가질 필요는……."

다른 동료들의 대화 역시 채 말을 끝맺지 못했다. 제프에게서 느껴지는 이유 모를 불길함에 숨이 막혔기 때문이다.

그 작은 변화를.

관중석에 있는 몇몇은 눈치챘다.

"자기 자신에게 매몰되고 있군."

입가를 쓸어내린 원지석이 작게 중얼거렸다. 잡아먹힌다는 표현이 적절할까. 딱히 좋은 뜻은 아니다.

'스스로 무너진다는 소리니까.'

전형적인 강등권 팀 에이스의 모습이었다.

내가 아니면 안 된다는 강박.

내가 해결해야 한다는 집착은 어깨를 짓누른다.

7부 리그 시절부터 그게 자연스러워진 녀석에겐 이러한 상황이 더욱 독이 될 수 있다. 거기다 언론에서 지금까지 흔들었던 걸 생각하면, 숨도 쉬기 쉽지 않은 상황일 터.

'제프에 대한 맨유의 준비는 훌륭해.'

봐라.

지금도 수비수들에게 막혀서 무리하게 슈팅을 날리지 않았는가.

아아!

노팅엄 포레스트의 팬들이 토해내는 탄식 속에서도 원지석은 당연하다는 듯 고개를 끄덕였다. 이래서야 탈진으로 쓰러지지나 않으면 다행이다.

하프타임이 되면 진정하라는 메시지라도 남길까, 그런 생각을 할 때였다.

"그렇게 걱정하지 않아도 될 거예요."

그때.

의외로 입을 연 사람은 킴이었다.

킴은 지쳐가는 제프를 바라보았다.

"며칠 전에, 그러니까 감독님 말 따라 제가 녀석의 훈련 세션을 도와줬을 때 말입니다."

당시 제프는 체력과 정신적으로 한계에 몰려 있었다. 애를 잡을 생각은 없었기에 킴은 슬슬 그만하자는 말을 하려 했고, 그 순간, 제프는 킴을 완벽히 따돌리며 골을 넣는 데 성공했다.

그걸 지켜보던 제임스는 환호하며 제프의 등을 두드렸었다. 정작 당사자는 동공이 풀린 채로 고개를 갸웃거렸지만.

'무슨 일이 있었죠?'

즉, 흐려진 의식 속에서 그런 움직임이 나왔다는 거였다.

그때의 일을 통해 킴은 제프에 대해 조금은 이해를 하게 되었다.

녀석은.

"녀석은 한계에 몰릴수록 잘하더군요."

"뭐?"

"차라리 다독이는 메시지보다는, 으름장을 놓는 게 더 효과적일지도 몰라요."

원지석은 조금 놀란 얼굴로 안경을 고쳐 썼다.

분명 자신의 철학과는 다르지만, 그게 틀렸는지에 대해선 알수 없었다. 어쩌면 녀석의 말처럼 더 효과적일지도 몰랐고.

'역시.'

그의 제자 중 감독으로서 재능이 있는 것은 킴이었다. 녀석은 확실히 코치로서, 감독으로서의 재능이 있다.

원지석은 어릴 적 포르투갈에 있었을 때를 떠올렸다.

자기 역시 무리뉴에게 이런저런 조언을 건넸었지. 그때 조제는 어떻게 받아들였었더라?

'이런 기분이었나.'

스마트폰이 다시 주머니에 들어갔다.

그는 고개를 끄덕이며 킴의 의견을 받아들였다.

"쥐새끼도 궁지에 몰리면 고양이를 문다는 건가."

제프는 한계에 몰릴수록 독기를 품었다. 끈적끈적한 불길함의 기분 나쁜 독기를. 그건 녀석이 가진 또 하나의 특별함이었다.

스스로 무너질지.

혹은 고양이를 죽일지는 녀석에게 달렸다.

―아! 순간적으로 쇄도하는 제프!

―맨유의 센터백들이 늦지 않게 따라붙었어요! 그대로 끊어냅니다!

멋진 슬라이딩태클로 스루패스를 차단한 맨유의 선수들이 안도의 한숨을 내쉬었다. 그들의 시선은 터벅터벅 되돌아가는 제프를 향했다.

"분명 눈을 떼고 있지 않았는데."

한 선수의 중얼거림에 다른 동료들 역시 작게 고개를 끄덕였다.

분명 쥐새끼의 위치를 확인하고.

잠깐 공을 본 사이.

쥐새끼는 살금살금 그들을 피해 달리고 있었다.

"괜히 골을 몰아치는 건 아니었나."

"그러게. 정신 똑바로 차려야겠어."

맨유 선수들이 경각심을 새로 다졌다. 그들로서는 당연히 이겨야 하고, 그러지 못한다면 부끄러울 경기였다.

삐이익!

얼마 지나지 않아 전반전 종료를 알리는 휘슬이 울렸다.

스코어는 1 : 0. 데니스의 멋진 골로 맨유가 우세를 가져온 상황.

"화장실 다녀올게요."

"저도요."

앤디와 제임스는 하프타임 동안 참았던 것들을 쏟아낼 모양이었다. 둘은 화장실에 가면서도 엠마의 이야기로 투덕거렸다.

자리에는 킴과 원지석만이 남았다.

"정말 그게 효과적이라고 보니?"

원지석의 물음에 킴은 바로 대답하지 않았다. 잠시 생각을 정리한 그는 이윽고 고개를 끄덕이며 답했다.

"네."

"이유는?"

"글쎄요. 뭐라 설명하기는 힘든데, 녀석의 성격상 그럴 거라 확신해요. 결국 감이죠."

"그렇구나."

원지석은 묵묵히 고개를 끄덕였다. 싱거운 반응에 당황한 것은 오히려 킴이었다. 녀석은 볼을 긁적이며 되물었다.

"그걸로 충분합니까?"

"물론. 때로는 그 감이 엄청난 무기가 되거든."

그는 오르텐시오를 떠올렸다. 동전을 던지며 선택을 맡기던 감독을. 그런 사람도 최고의 감독이지 않은가. 적절한 계산이 밑바탕이 된 감은 때로 머리 아프게 고민하는 것보다 좋은 결과를 가져올 때가 있다.

"물론 꼭 성공하지만은 않지."

실패했다면 왜 실패했는지를 알아야 한다.

그런 면에서 킴은 자기 자신을 냉정히 바라보고 있었다. 그건 큰 장점이다.

"킴, 너는 감독이 될 거니?"

"…가능하면 그러고 싶어요. 감독님처럼 최고의 감독이."

"나처럼?"

그 말에 원지석이 피식 웃음을 터뜨렸다.

비웃는 게 아니다.

킴은 발전할 여지가 무궁무진했다. 코치로서는 이제 막 발걸음을 뗐으며, 감독으로서는 아직 시작조차 못 했을 정도로.

그리고.

가능하다면 자기와는 다른 감독이 되었으면 싶었다.

원지석은 무리뉴의 밑에서 참 많은 것을 배웠지만, 그와는 다른 스타일의 감독이 되었다. 만약 그와 똑같이 되려 했다면 여기까지 올 수 있었을까? 마찬가지였다.

"나를 뛰어넘는 감독이 되렴."

그건 같은 길을 좇기만 해서야 불가능한 일이었다.

그랬기에 킴이 원지석이라는 감독과는 다른 길을 걷길 바랐다.

"어려운 요구네요."

킴이 쓴웃음을 지으며 고개를 저었다.

역사상 최고의 감독 중 하나라는 사람을 뛰어넘으라니, 너무 과대평가를 하는 게 아닐까.

스승과 제자는 서로를 보며 웃었고.

그사이에 화장실에 갔던 앤디와 제임스가 복귀했다.

"뭐야, 왜 그렇게 웃어?"

"아무것도 아니야."

"수상한데. 설마 뒷담이라도 깠습니까?"

"쓰읍."

괜한 억측에 원지석이 혀를 찼다.

농담이라며 어깨를 으쓱인 제임스가 다시 자리에 앉자, 때마침 양 팀의 선수들이 터널을 빠져나오는 모습이 보였다. 하프타임 동안 재정비를 했는지 여유를 되찾은 데니스와, 다크서클이 더욱 짙어진 제프가 말이다.

"감독님."

그때 무슨 생각이 떠올랐는지.

제임스가 묘한 미소를 지으며 입을 열었다.

"아까는 이 경기가 비길 거라 하셨죠. 지금도 그렇게 생각하세요?"

"무슨 의미야?"

"아니, 내기라도 하자는 거죠. 오늘 저녁 내기 어때요?"

"흠, 재미있네."

원지석이 고개를 끄덕이며 내기는 성립되었다. 동시에 제임스가 먼저 선수를 쳤다.

"그럼 저는 맨유가 이기는 쪽으로."

"너⋯⋯."

앤디와 킴이 기가 막힌다는 얼굴로 제임스를 보았다. 여기선 보통 제자를 위해서라도 노팅엄 포레스트에 걸어야 하는 게 아닌가?

짜게 식은 시선에도 녀석은 아랑곳하지 않았다.

"뭐 어때. 승부의 세계는 냉혹한 법이야."

"하아."

"꼬우면 너희들이 내기에 참여하든지. 그래서 감독님은요?"

원지석이 슬쩍 고개를 돌렸다. 킴을 향해 한쪽 눈을 찡긋거린 그가 입을 열었다.

"노팅엄. 노팅엄이 이기는 쪽으로."

"흐흐."

제임스가 함박웃음을 지으며 스마트폰을 꺼냈다. 얼마 전에 알게 된 식당이 있었는데, 굉장히 비쌌기에 내 돈 주고 먹기엔 아까운 그런 곳이었다.

'축구를 혼자 하는 건 아니니까.'

제프에게는 애석하게도.

오늘 경기는 녀석의 한계가 보이는 경기였다.

그라고 해서 나름 제자라 불리는 녀석이 지는 걸 보고 싶겠는가.

하지만 제프는 데니스처럼 경기를 뒤집을 크랙이 아니다. 소위 팀발이라 불리는, 팀의 컨디션에 따라 활약이 변하는 유형이었지.

'저녁까지 먹고 간다고 연락해야지.'

부인인 제시에게 보낼 메시지를 적던 그 순간.

와아아!

시티 그라운드를 흔드는 엄청난 함성이 울렸다.

"뭐, 뭐야."

고개를 든 제임스가 얼떨떨한 얼굴로 그라운드를 내려다보았다. 거기에는, 층층이 탑을 쌓은 노팅엄 포레스트의 선수들이 있었다.

환호하던 그들이 차례로 탑을 내려왔고.

그 맨 아래에 깔린 것은.

제프.

제프였다.

—고오오올! 코너킥 상황에서 동점골을 뽑아내는 노팅엄 포레스트! 골을 넣은 주인공은 바로 제프입니다!

거대한 전광판에 방금 있었던 골 장면이 재생되었다.

대부분의 선수들이 페널티에어리어 안에 몰려 있었으며, 공의 궤적을 확인한 제프는 수비수에게서 몇 걸음 떨어지고 있을 때였다.

놀랍게도, 제대로 걷어내지 못한 공은 제프의 발아래까지 흐른 것이다.

　—정말 놀라운 위치 선정입니다! 이걸 다 예상했을까요?
　—골 냄새 하나는 정말 기가 막히게 맡는군요! 이걸로 스코어
는 1 : 1, 동점입니다!

　시기적절한 타이밍에 터진 골이었다.
　노팅엄 포레스트는 추격 의지를 불태우며 적극적인 변화를
보였고, 양 윙백들은 활발한 움직임을 통해 공격에 활기를 불
어넣었다.
　덕분에 제프는 좀 더 자유롭게 움직이며 맨유의 수비진을
괴롭힐 수 있었다.
　"후우, 후우!"
　과호흡이 걱정될 정도로 빠른 숨.
　심장은 미친 듯이 펌프질 했고, 머리는 점점 멍해져만 간다.
이렇게 쓰러지는 게 아닐까 싶을 정도로.
　제프는 신경 쓰지 않았다.
　하프타임에 받은 메시지는 그만큼 그를 한계로 몰아붙였다.
킴에게서 온 실망스럽다는 문자. 그건 단순히 킴 혼자만의 생
각이었을까?
　원지석 감독이, 제임스가.
　실망스럽다는 얼굴로 몸을 돌리는 상상을 하니, 도저히 멈
출 수가 없었다.

툭!

아무렇게나 올려진 크로스가 맨유의 수비 라인을 가로질렀다. 보통이라면 신경 쓸 가치가 없을 공이었지만, 지금만큼은 달랐다.

언제부터 거기 있었는지.

제프가 달려가는 중이었으니까.

"쥐새끼 같은 놈!"

점점 마크하기 벅차다는 걸 느낀 맨유의 센터백이 욕지거릴 내뱉었다. 왜 쥐새끼란 별명이 붙었는지 알 것만 같았다. 처음 그 말을 한 사람은 분명 녀석에게 당한 수비수였겠지.

발소리조차 내지 않는 쥐새끼.

그 쥐새끼가 살금살금 골문으로 가는 쥐구멍을 뚫었다.

"막아! 빨리 막아, 새끼들아!"

"좀, 가고 있다고!"

골키퍼의 비명 같은 외침.

이를 악문 맨유의 센터백들이 재빠르게 제프의 뒤를 쫓았다. 페널티에어리어까지는 거리가 있고, 풀백들이 측면에서 압박을 해준다면 충분히 따라잡을 수 있다. 더 위험한 상황마저 막아내지 않았는가.

"으아아!"

제프가 슈팅 자세를 취했다.

이제는 숨조차 제대로 쉬어지지 않았고.

지금 자신이 무얼 하고 있는지 모를 정도로, 머릿속이 뿌옇

게 흐려진 상황.

'안 될 거야.'

너무 먼 거리였다.

하지만 차야만 한다.

지금까지 무엇을 위한 연습이었는가. 바로 이 순간을 위해. 지금 같은 상황을 위해서였다.

때마침 공이 그의 바로 앞으로 떨어지고 있는 상황.

'제발.'

제임스의 말대로다.

쥐새끼로 남고 싶지 않았다.

킴의 말대로였다.

쥐새끼 역시 제프라는 선수의 일부분이었다.

'나는.'

솔직히 말하자면 한계였다. 심장은 당장에라도 터질 것만 같았고, 목구멍은 신선한 공기를 내놓으라며 숨통을 조였다.

'나는!'

그럼에도.

마치 알을 깨고 나오려는 병아리처럼.

제프는 계속해서 한계에 부딪혔다.

쾅!

시선은 공을 향하지 않았다. 오로지 연습만으로 습관처럼 새겨진 슈팅. 하지만 너무나 아름다운 곡선을 그린 슈팅이었다.

시티 그라운드에 모인 노팅엄 포레스트의 팬들, 그리고 원정 팀인 맨유의 팬들마저 멍하니 입을 벌리며 그 공의 궤적을 바라보았다. 원지석 역시 마찬가지였다.

철썩!

조용한 경기장에 골 망이 흔들리는 소리가 울렸다.

*   *   *

맨유의 골키퍼가 자신의 뒤에서 흘러오는 공을 멍하니 보았다. 맨유의 수비수들은 순간적으로 무슨 일이 일어났는지를 깨닫지 못했다.

잠시 후.

우와아아!

반응은 한 박자 늦게 터졌다.

─이게? 이게! 이게 들어갑니다!

─엄청난 골로 역전에 성공하는 노팅엄 포레스트! 굉장하군요! 마치 제임스를 떠올리게 하는 골이었어요!

중계진들로서는 그리움마저 느껴지는 장면이었다.

이제 잉글랜드 축구에서 제임스 같다는 건 최고를 뜻하는 말이 되었지만, 방금의 골은 슈팅 자세부터 그 결과까지 위대했던 선수의 모습이 겹쳐 보일 정도였다.

"제프, 요 엄청난 녀석!"

"역전이라고! 역전! 이 좆같은 맨체스터 새끼들아!"

노팅엄 포레스트의 선수들이 제프에게 태클을 걸듯 달려들었다. 누군가는 망연자실한 맨유의 선수들에게 주먹을 보이기도 했다.

"어?"

얼빠진 소리와 함께.

흐릿했던 동공의 초점이 그제야 잡혔다.

정신을 차리고 보니 홈 팬들은 미친 듯이 소리를 지르고 있으며, 동료들은 자신을 꽉 껴안고 있지 않은가.

어떻게 된 일이지.

멍한 머리를 쥐어짜던 제프의 눈이 점점 커졌다.

"우와, 우와앗! 봤어요? 방금 내가!"

"왜 네가 더 놀라냐?"

어린아이처럼 진정하지 못하는 녀석을 보며 동료들이 웃음을 터뜨렸다. 하지만 그럴 만도 한 게, 정작 제프 본인조차 어떻게 골을 넣었는지 모호했기 때문이다.

분명 골을 넣은 건 본인의 몸이 맞다. 하지만 다시 하라고 하면 절대로 하지 못할 골이었다.

"아차."

시간이 그리 남지 않았다는 걸 깨달았는지, 제프는 곧장 유니폼 상의를 벗으며 홈 팬들에게 달려갔다. 곧 모든 카메라가 제프의 행동을 주목했다. 거대한 전광판에는 유니폼을 앞으로 내민 제프의 모습이 찍혔다.

제프.

유니폼 뒤에 적혀진 그의 이름.

'나는 나야.'

어떻게 슈팅을 했는지는 몰라도, 무슨 생각을 하며 슈팅을 했는지는 어렴풋이 느껴졌다.

제임스의 요구처럼 악마가 되는 것도.

사람들의 조롱처럼 쥐새끼로 남기도 싫다.

그는 그저 자신의 축구를 계속해서 하고 싶을 뿐이었다.

이 셀레브레이션 또한 그런 의미였다. 그는 다른 누구도 아닌 제프일 뿐이라는 걸.

물론 바로 바뀔 수는 없겠지. 그런 위인이 되지 못한다는 건 누구보다 그 자신이 잘 알고 있었다. 그래도 뭐 어떤가.

'후련해.'

골을 넣었기 때문일까?

아니면 스스로에 대한 대답을 찾았기 때문일까.

대표 팀에 승선하면서부터 생겼던 거대한 부담감이 어느 정도 씻겨 내려간 기분이었다.

삐익!

주심이 유니폼을 탈의한 제프에게 옐로카드를 꺼내며 셀레브레이션은 종료되었다. 하지만 아직 시티 그라운드의 여운은 가라앉지 않았다.

제프! 제프!

노팅엄의 쥐새끼!

원지석이 키운 암살자!

"내가 키운 놈인데."

"그랬으면서 내기는 맨유에 걸었냐?"

"……."

할 말이 궁했는지 제임스는 입술을 삐죽 내밀며 팔짱을 꼈다.

"사랑받고 있네요."

"팀의 구세주 같은 녀석이니까."

앤디는 귓가를 쩌렁쩌렁 울리는 노래를 들으며 감탄했다. 이게 제프를 위한 응원가. 같은 말이어도 뉘앙스나 상황에 따라 그 뜻이 다르게 들리듯, 그들은 조롱으로 쓰이던 말을 응원가로 바꾸며 제프가 힘을 내길 바랐다.

"근데 암살자는 뭐예요?"

"글쎄다."

고개를 갸웃거리는 앤디를 보며 원지석이 쓴웃음을 지었다.

아마도 특유의 플레이 스타일에서 비롯된 별명이 아닐까. 굳이 그의 이름이 들어간 이유는 그 상징성 때문일 것이다.

잉글랜드에서 원지석이라는 이름이 가진 가치는 굉장했고.

그런 사람이 비판을 감수하면서까지 뽑은 사람이 노팅엄 포레스트의 선수라는 건, 충분히 자랑스러운 일이었다.

"쥐새끼보단 나은 별명이네."

원지석은 흥미로운 눈으로 경기를 계속해서 지켜보았다.

시간이 지날수록.

맨유는 제프를 놓치는 빈도가 늘어나고 있었다.

─또! 또 수비 라인을 끊어내는 제프!

─맨유의 포백이 무너졌습니다!

분위기를 잡은 노팅엄 포레스트는 이 기회를 놓치지 않았다. 그들은 오랫동안 맞춰온 호흡을 바탕으로 정확한 타이밍에 패스를 찔렀으며, 맨유의 수비진들은 아까와는 다르게 힘겨워하는 모습을 보였다.

"마치 집단 패닉에 빠진 거 같군."

조직력이 무너진 모습에 원지석이 혀를 찼다. 그만큼 충격적인 역전이었지만, 그 여파를 최대한 빨리 씻어내야 한다.

리더의 부재.

보통 이런 경우엔 팀의 주장이 선수들의 정신을 잡아줘야 함에도 그들에겐 그럴 존재가 없었다. 오히려 자기들끼리 마찰이나 빚는 중이었지.

"너희 지금 뭐 하는 거야!"

골키퍼의 선방으로 위기를 모면하자 데니스가 불같이 화를 냈다.

그는 언제나 최고여야만 했고, 사람들의 관심이 저 쥐새끼에게 몰리는 걸 원치 않았다.

하지만 이게 뭔가.

동료랍시고 같은 유니폼을 입은 저것들은, 오히려 제프의 명성을 올려주고 있지 않은가?

"시발, 안 그래도 짜증 나 죽겠는데."

"뭐?"

"너야말로 뭐 하는 거냐? 아까부터 공격 템포 다 끊어먹고 있잖아, 새끼야."

데니스와 수비수들이 충돌했다. 고름이 터지듯, 그들은 지금까지 참고 있었던 불만을 데니스에게 터뜨렸다.

실제로 맨유의 수비진들이 제프에게 쩔쩔매고 있었다면, 데니스는 좀처럼 노팅엄 포레스트의 수비진을 뚫지 못하고 있었다. 특히 제프의 역전골이 터진 이후에는 조바심이 생겼는지 괜한 욕심을 부리면서 찬스를 놓치는 장면이 계속해서 나왔으니까.

"아가리 조심해."

"왜, 쪽팔린 건 아냐?"

"대체 뭣들 하는 거야!"

결국 맨유의 주장이 그 사이에 끼며 중재를 했지만 딱히 큰 효과는 없었다.

그들은 떨어진 뒤에도 서로를 향해 으르렁거렸고, 그 모습은 고스란히 사람들에게 전해졌다.

―아… 팀이 지고 있는 상황에 좋지 않은 모습인데요.

―맨유의 감독도 고개를 젓는군요.

고개를 젓는 건 맨유의 감독만이 아니었다.

이곳까지 먼 거리를 응원하러 온 원정 팬들이.

짜게 식은 눈으로 그들의 선수를 보았다.

"한 놈만 편애하면 이렇게 되는 법이지."

원지석이 알기로 저런 다툼은 이번 한 번뿐만이 아니었다. 팬들의 여론과 언론을 의식해 저 정도였지, 카메라가 없는 곳에선 어떨지 쉽게 상상이 갔다.

최고의 재능을 붙잡기 위해, 살리기 위해 맨유는 데니스에게 많은 것을 양보해 주었고.

이는 다른 동료들의 희생을 요구했으며, 자연스레 불만이 나올 수밖에 없다.

'이 녀석도 그랬지.'

원지석은 슬쩍 고개를 돌려 제임스를 보았다.

현역 시절 제임스는 이기적인 선수였다. 원지석은 그런 녀석을 철저히 관리했고, 개성은 살리되 하나의 팀으로서 섞이게 했다.

감독으로서 선수 관리는 가장 중요한 일 중 하나다. 맨유의 감독은 뛰어난 재능을 잘 써먹고 있을지 몰라도, 팀으로서 중요한 점을 놓치고 있었다.

"왜요."

자신을 빤히 바라보는 시선을 느꼈는지 제임스가 얼굴을 찌푸리며 물었다. 그제야 원지석은 어깨를 으쓱이며 고개를 돌렸다.

"밥 잘 먹겠다고."

"아직 경기 안 끝났거든요?"

말은 그렇게 했음에도 제임스의 얼굴은 그리 밝지 않았다. 그가 보기에도 현재 맨유의 분위기는 심각했기 때문이다. 그건 시간이 지날수록 마찬가지였다.

—맨유에서 선수교체를 알립니다.

—아, 센터백을 바꾸네요?

—지고 있는 상황인 만큼 조금 이해가 가지 않는 결정이군요.

교체되는 선수는 다름 아닌 데니스와 충돌했던 그 센터백이었다.

이후로도 분위기가 좋지 못했기에 맨유의 감독 역시 가만히 보고만 있을 수는 없었겠지만, 반응이 영 좋지 못했다.

"뭐 하는 거야!"

"차라리 데니스를 빼라고!"

맨유의 원정 팬들이 불만스럽게 얼굴을 구겼다.

한 선수를 위해 팀을 포기하는 모습은.

그것도 이런 방식은 팬들의 불쾌함을 일으킬 뿐이었다.

현재 이 시티 그라운드에서, 맨유를 위한 응원 소리는 들리지 않았다.

"수고했어."

"……"

교체 아웃 된 선수는 감독의 악수를 무시하고선 벤치로 들어갔다.

맨유 감독은 씁쓸히 웃으며 허전해진 손을 주머니에 넣었다. 지금까지 선수들과 트러블이 없었다고 하면 거짓말이겠지만, 이렇게 악수를 무시당한 건 처음이었기 때문이다.

─맨유의 분위기가 심상치 않습니다.

─이렇게까지 험악한 건 현 감독 체제에선 처음이군요.

현 맨유의 감독은 덕장이라 불리는 사람이었다.

선수들에게 강압적이기보다는 대화를 시도했으며, 어지간해선 유순한 반응을 보였다.

이는 보드진이 데니스라는 특별한 재능을 위해 구상한 방법으로, 확실히 어느 정도 유의미한 성공을 거두었지만.

'선수들의 지지를 얻지 못한다면 덕장으로서 치명적이니까.'

맨유는 앞으로의 시즌을 잘 마무리해야 할 것이다. 오늘의 불화는 모든 이가 보았고, 하이에나 같은 언론들이 이를 놓칠 리가 없었다.

너무할 정도로 물어뜯겠지.

원지석이 그런 생각을 하는 사이.

경기는 점점 막바지로 접어들고 있었다.

사람들의 우려대로 수비수를 교체하는 건 그리 좋은 선택이 아니었다. 이제 막 들어간 센터백은 경기에 적응하지 못하며 그대로 제프의 먹잇감이 되었고 말이다.

—제프! 제프!
—강하게 깔린 스루패스를 향해 달립니다!

맨유의 수비진들이 제프의 뒷모습을 멍하니 보았다. 언제부터 저기 있었지? 그럴 생각을 할 시간조차 없이, 녀석은 공을 향해 달렸다.

굳이 공을 빨리 받을 필요는 없었다.

그는 드리블 스킬이 최악에 가까웠으니까.

'뭐야?'

당황한 것은 맨유의 골키퍼였다. 그는 점점 외곽 쪽으로 빠지는 제프를 보며 얼굴을 찌푸렸다. 슈팅하기에 좋은 위치는 아니었기 때문이다.

—계속해서 바깥으로 돌아가는 제프!
—어떻게 할 생각이죠? 각이 없어요!

오히려 노팅엄 포레스트의 홈 팬들이 조마조마한 얼굴로 그 상황을 지켜볼 정도였다. 하지만 제프는 이 순간만큼은 자신감으로 넘쳤다.

'터치는 슈팅 하나면 충분해.'

원지석이 해주었던 조언이 머리를 스쳤다.

이제는 자연스레 슈팅 자세가 나왔다. 어디에서든, 어느 각도에서든 그는 자신 있게 슈팅을 때릴 수 있었다.

쾅!

단 한 번의 터치가.

골키퍼의 다리 사이로 빠져나갔다.

─고오오올! 골입니다, 골! 이걸로 해트트릭을 달성하는 제프 해리스! 그야말로 원맨쇼군요!

─방금은 제프 선수 특유의 움직임이 나온 득점이었어요!

─이제 스코어는 3 : 1, 대역전극이 벌어졌습니다!

와아아아!

심장이 말려지는 기분으로 숨을 죽였던 홈 팬들이 엄청난 함성을 터뜨렸다. 사실상 승리에 쐐기를 박는 골이었다.

그 주인공인 제프가 이번엔 원지석이 있는 곳을 향해 달려갔다.

이미 한 장의 옐로카드가 있기에 같은 셀레브레이션을 할 수는 없었고, 대신 제프의 손가락 끝이 원지석을 가리켰다.

데니스와 똑같은 셀레브레이션이었지만.

그 느낌과 의미는 정반대의 것이어서.

원지석은 대답으로 엄지를 들어주었다.

"나지? 나한테 한 거지?"

제임스는 자기를 가리키며 함박웃음을 지었지만, 글쎄, 그건 제프 본인만이 알 터였다.

결국.

추가시간에 데니스가 만회골을 넣으며 점수 차를 좁혔지만 따라잡기에는 늦었고, 그렇게 경기 종료를 알리는 주심의 휘슬이 울렸다.

삐이익!

최종 스코어는 3 : 2.

데니스의 멀티골과, 제프의 해트트릭으로 마무리된 이 경기는 사람들의 기대감을 충족시켜 주며 2035년을 멋지게 마무리했다.

"이야, 재미있었다."

제임스가 기지개를 켜며 나갈 준비를 했지만 순순히 보내줄 킴이 아니었다. 킴은 녀석의 어깨를 잡으며 입을 열었다.

"저녁, 알지?"

"…알고 있어."

"마침 라이언도 휴가를 받았으니 부르면 되겠네."

"뭐? 미쳤어?"

라이언은 제임스가 아는 사람 중 가장 대식가인 녀석이었다. 그런 녀석을 그 비싼 식당에 데려간다니, 말도 안 되는 이야기였지만.

조용히 웃는 원지석의 모습에 지갑을 열 수밖에 없었다.

　　　　*　　　　　*　　　　　*

「[BBC] 홈 깡패의 위엄! 맨유를 잡아낸 노팅엄 포레스트!」

「[스카이스포츠] 잉글랜드에 떨어진 살인 쥐 경보!」

「[타임즈] 원지석을 가리킨 두 손가락!」

쥐새끼라도 맨유라는 거함을 잡으면 그 체급이 달라지는 걸까. 언론들은 해트트릭을 터뜨린 제프에게 경외를 보냈다. 확실히 제프가 터뜨린 두 번째 골은 올해를 통틀어 가장 멋있는 골로 뽑혀도 손색이 없을 정도였다.

"세 번째 골을 넣고선 원지석 감독을 향해 손가락을 가리켰는데, 무슨 뜻이었나요?"

경기가 끝난 후.

오늘 최우수선수로 뽑힌 제프는 기자들의 질문에 난처한 얼굴로 웃었다.

사실 별다른 뜻은 없었다.

그저 그렇게 하고 싶었을 뿐.

"글쎄요. 제 모습을 똑바로 봐달라는 쪽에 가깝긴 했는데, 그렇게 거창한 의미는 아니에요."

"그 말은, 즉. 다음 유로까지?"

"그러면야 좋겠죠."

작게 웃는 제프의 눈은 다크서클로 검게 물들어 있었다.

예전에.

2000년대 초중반, 축구계를 풍미했던 호나우지뉴라는 선수가 있었다.

당시 환상적인 기술로 세계 최고라 불렸던 그에게는 재미있는 농담이 있었는데, 바로 잇몸이었다.

외계인이 잇몸을 보이며 웃는 순간 그날 경기는 끝난다는 우스갯소리.

그런 농담처럼.

요즘 잉글랜드에서도 비슷한 말이 떠돌았다.

제프의 다크서클이 깊게 내려오는 날에는 수비 뒷문을 단단히 잠그라는 우스갯소리가.

63 ROUND
돌아온 거인

2036년.

새해가 시작되었다.

많은 화제를 만들었던 프리미어리그도 벌써 절반이 지났고, 겨울 이적 시장마저 끝난 지금.

사람들의 관심은 챔피언스리그에 쏠렸다.

"나하고는 상관없는 이야기여서 그렇지."

원지석은 TV를 물끄러미 바라보았다. 화면 속에는 치열한 경기가 이어졌지만, 클럽 감독직을 내려놓은 그에게는 조금 먼 거리가 있는 상황. 작년까지 저 별들의 무대에서 싸웠던 그에겐 조금 낯선 느낌이었다.

무엇보다.

오늘은 잉글랜드 국적의 선수가 한 명도 나오지 않았기 때문이다.

'여전하군.'

모두 그들의 리그에서 최고라 불리는 팀들이었음에도, 잉글랜드 출신은 보이지 않았다.

아니, 최고 수준의 팀을 따지지 않더라도 잉글랜드 선수들의 해외 진출 자체가 드문 편이었다. 꺼린다고 표현하는 게 맞을 정도로.

능력이 부족해서?

단순히 그렇게 치부하기엔 조금 부족한 이유일 터.

좋게 말하면 자부심.

나쁘게 말하자면 오만하다.

그들에게 최고의 리그는 프리미어리그였다. 익숙한 문화, 거대한 자본, 세계적인 명성. 굳이 자국 리그를 포기하며 낯선 환경에 도전할 필요가 없었다. 어찌 보면 잉글랜드 축구계의 고질병에 가까웠다.

'오만한 생각이야.'

런던을 떠나 라이프치히와 발렌시아에 도전장을 내밀었던 원지석으로서는 마음에 들지 않는 문화였다.

고인 건 결국 썩는다.

실제로 그로 인한 슬럼프마저 두세 번 겪지 않았는가.

월드컵이 막 태동했던 초창기 시절.

당시 축구 종가라 불렸던 잉글랜드의 콧대는 상상을 초월했다. 월드컵은 수준이 맞지 않는다고 불참을 선언할 정도로 말이다.

오만의 대가는 쓰디썼다.

세계 축구와 멀어진 그들은 1950년 월드컵에서 최약체라 불리던 미국에게 패배하며 조별 리그에서 떨어지는 수모를 겪었고, 이후에도 그런 일은 몇 번이나 반복되었다.

우습게도 최근의 배타적인 성격에는 원지석이 크게 작용했다는 거다.

그가 세운 푸른 제국은 프리미어리그의 위상을 높였으며, 덕분에 사람들은 잉글랜드를 떠나길 원치 않았다. 의도치 않은 결과였다.

'그랬기에 첼시를 다시 떠난 걸지도.'

원지석 역시 그런 점을 느꼈고, 자신이 세운 제국을 뒤로하며 물러날 결심을 했다.

지금도 그 선택에 후회는 없다. 다만 이렇게 챔피언스리그를 보며 저 무대가 그리워질 때가 있을 뿐.

"벌써 그립나요?"

그 마음을 읽기라도 한 듯.

원지석의 어깨에 얼굴을 기대고 있었던 캐서린이 불쑥 입을 열었다.

고개를 든 그녀가 남편의 얼굴을 바라보았다.

조금 놀란 얼굴. 평소 감정 기복이 적은 남편이었기에 캐서린은 꺄르르 웃으며 그의 볼을 잡았다.

"에잇."

"머 하는 거예여."

"그냥, 귀여워서요?"

원지석이 지도했던 선수들이 들었다면 경기를 일으켰을 말이었다. 뭐 어떤가. 그녀는 다시 자세를 편하게 하며 남편의 허벅지를 베고 누웠다. 탄탄하면서도 따뜻한 온기를 느낀 캐서린이 미소를 지었다.

짧지 않은 결혼 생활. 그럼에도 남편에 대한 사랑은 식지 않았다. 더욱 뜨거워졌으면 뜨거워졌지.

그게 자기만의 마음이 아니라는 게 좋았다.

남편 역시 자신을 사랑하고 있다는 게 느껴졌고, 그럴 때마다 굉장한 충족감을 느꼈다.

"참."

쓴웃음과 함께 원지석이 그녀의 머리를 쓰다듬었다.

손끝에서 비단처럼 부드러운 금발이 느껴졌다.

엘리가 있을 때는 캐서린은 강한 엄마가 된다. 하지만 단둘이 있을 때는 이렇게 어리광을 부리며 아이 같은 모습을 보여줬다.

캐서린이 그를 보며 설렘을 느끼듯.

마찬가지로.

원지석 역시 그녀를 보면 아직도 가슴이 두근거린다.

누군가는 부부 생활을 오래하면 정으로 산다고들 하는데, 둘에게는 해당하지 않는 사항이었다.

"티가 많이 났나요?"

"아니요. 저니까 아는 거죠."

마치 자기만의 특권이라는 듯, 배시시 웃는 캐서린의 미소가 아름다웠다. 처음 그녀를 만났을 때처럼 아름다웠다.

하늘을 담은 것처럼 맑은 눈동자가 그를 담았다.

"원, 저는 당신이 그 치열한 곳에 돌아가길 원치 않아요."

그녀는 솔직한 심정을 말했다.

둘의 사이가 연인으로 발전하고선 1년이 넘었을 때였나, 남편은 자신의 병을 담담히 밝혔었다. 언제든지 죽음을 받아들일 준비를 하고 있던 것처럼.

그게 헤어지려면 지금뿐이라는 뜻인 걸 모를 리가 없어서.

캐서린은 처음으로 원지석에게 화를 냈었다.

"캐시."

그녀가 손을 뻗어 볼을 쓰다듬었다. 원지석은 그 손에 손가락을 얽었다.

TV에서는 계속해서 경기 중계가 나오는 중이었다. 누군가 골을 넣었는지 중계진의 높아진 목소리가 들렸다.

삐익.

이윽고 조용해진 거실 속에서.

원지석은 캐서린에게 입을 맞췄다.

*　　　　*　　　　*

시간이 지나고.

2036년도 어느새 3월에 접어들었다.

치열한 시즌도 막바지를 향해 달렸으며, 자연스레 다음 시즌을 위한 소식들도 들려올 즈음.

한 가지 재미있는 이야기가 잉글랜드를 뜨겁게 달궜다.

「[BBC] 넥스트 스페셜 원? 킴에게 주목하는 프리미어리그 팀들」

「[스카이스포츠] 차기 감독으로 킴을 점찍은 첼시 보드진?」

넥스트 스페셜 원.

최근 킴에게 붙여진 별명이다.

그 시작은 제프였다.

"많은 사람들에게 배우고 있죠. 노팅엄 포레스트, 그리고 잉글랜드 대표 팀에서도요. 특히 요즘은 킴 코치와 자주 연락을 해요."

12월에 보여준 활약을 바탕으로.

EPL 이달의 선수에 뽑혔을 때의 인터뷰였다.

제프만이 아니라 킴에 대한 높은 평가는 계속해서 나왔고, 자연스레 언론의 주목이 이어졌다. 이에 가장 흥분했던 것은 역시 첼시 팬들이었다. 그들은 킴과 원지석이 나란히 걷는 사진을 통해 과거를 떠올렸다.

조제 무리뉴.

그리고 원지석을.

둘은 스페셜 원이라 불리며 첼시의 전성기를 이끌었던 감독들이었다.

무리뉴가 처음 첼시의 지휘봉을 잡았을 때 원지석은 그의 곁을 보좌하는 코치였으며, 제자였다.

지금.

무리뉴는 은퇴했고.

이제 원지석의 곁에선 킴이 보좌를 하고 배운다.

「[가디언] 세 번째 스페셜 원, 가능할까?」
「[타임즈] 킴, 나는 아직 햇병아리일 뿐이다」

첼시 팬들은 원지석이 그랬던 것처럼, 킴이 첼시의 감독이 되어 새로운 전성기를 여는 미래를 꿈꿨다.

정작 당사자인 킴은 그러한 관심에 부담스럽다는 반응을 보였지만.

"그렇게 된다면야 좋겠죠. 하지만 저는 이제 막 코칭 커리어를 시작했는데, 사람들은 벌써부터 전설적인 감독들 옆에 제 이름을 놓네요."

괜히 설레발 치지 말고 적당히 하라는 소리였다.

아직 감독 커리어는 시작도 하지 못한 데다, 만약 감독으로서의 커리어가 실패한다면 이때 반감을 품은 사람들은 다른 누구도 아닌 킴에게 조롱을 퍼부을 테니까.

덕분에 여론이 잠잠해졌을 때쯤.

대신 다른 관점에서 이 상황을 지켜보는 이들이 생겼다.

「[데일리 미러] 잉글랜드 출신의 감독이 높은 레벨에서 활약하는 걸 기대할 수 있을까?」

흔히 잉글랜드의 고질적인 문제로 폐쇄적인 문화를 꼽는다. 그건 단순히 선수만의 문제가 아니라, 지도자들 역시 마찬가지였다. 오히려 선수들보다 더욱 소극적일 정도였다.

유능한 지도자의 부재는 치명적이다.

실제로 프리미어리그의 감독들 대부분은 외국인이었고, 영향력이 가장 큰 원지석마저 잉글랜드 사람이 아니다.

자국 감독들의 현실이 강등권이나 2부 리그에 머물러 있지만, 이러한 현상은 개선하기 쉽지 않았다.

—그런 만큼 새롭게 등장한 유망주에게 기대를 거는 사람이 많아요.

"그래요?"

—네. 역시 삼 사자 군단의 감독은 잉글랜드 출신이어야 한다고 보는 사람들이 적지 않으니까요. 고전적이지만.

전화를 받던 원지석이 쓴웃음을 지었다.

헨리 모건.

이제는 FA의 실세로 자리 잡은 남자.

그가 말한 유망주가 누굴 말하는지는 어렵지 않게 짐작할 수 있었다.

—저로서는 뭐, 결과만 낼 수 있다면 상관없지만. 그래도 킴

이 감독님 밑에서 많은 걸 배운다면 나쁠 게 없죠.

헨리의 웃음소리가 귓가를 울렸다. 치열했던 파벌 싸움도 어느 정도 정리가 된 모양인지, 첫 만남과는 다르게 여유가 느껴지는 목소리였다.

원지석으로서도 나쁘진 않았다.

적어도 이번 유로가 끝날 때까지는 전폭적인 지원이 가능하다는 소리였으니까.

─노파심에 말하는데, 저는 언제나 감독님을 지지합니다.

"참 고맙군요."

뻔히 보이는 립 서비스를 시큰둥하게 넘긴 원지석이 몸을 일으켰다. 슬슬 전화를 끊을 시간이었다. 그걸 또 어떻게 알았는지, 헨리가 먼저 선수를 쳤다.

─참, 제가 너무 시간을 끌었군요. 오늘 경기도 힘내십시오.

"그러죠."

전화를 끊은 그가 한숨을 쉬었다. 눈치 하나는 기가 막히게 빠른 남자였다. 헨리 모건. 지금은 몰라도 점점 경험을 쌓으며 노련한 녀석이 된다면, 그때는 잉글랜드 FA가 꽤 무섭게 변할 터였다.

'좋은 쪽으로 바뀌길 바라야지.'

원지석은 터널을 향해 걸었다.

3월 A매치.

오늘은 그 첫 경기가 있는 날이다.

─원지석 감독이 들어오는군요. 이걸로 양 팀 모두 준비가 끝난 거 같습니다.

─이제 유로까지 남은 시간이 그리 많지 않아요. 잉글랜드로서는 이번 A매치 기간을 통해 유의미한 결과를 얻어야 할 겁니다.

곧 개막할 유로까지는 시간이 촉박하다. 개선할 점이 있다면 이번 3월을 통해 찾아야만 했다.

물론 그 근처에 친선경기가 있긴 하지만, 그건 말 그대로 마지막 점검이었다. 선수들의 컨디션을 올리는 데 중점을 둬야 하는 그런 점검.

'괜찮아.'

터치라인에 선 원지석이 작게 고개를 끄덕였다.

이번에 발표된 선수 명단은 사실상 잉글랜드의 정예라 불려도 무방할 녀석들이었다. 데니스처럼 하자가 있는 녀석들을 제외한다면 말이다.

무엇보다 고무적인 점이 있다면 조직력이었다.

지금 잉글랜드가 보여주는 호흡은 그가 막 부임했을 때와 전혀 달랐다. 선수들은 하나로 묶였으며, 소속 팀이 어디인지는 중요하지 않았다. 사람들은 괄목할 모습이라며 감탄을 터뜨렸지만, 결코 거저 얻은 결과가 아니다.

"밥 먹는 것부터 관리했으니."

"하하, 그래도 효과적이었으니까요."

케빈의 말에 다른 코치들이 쓴웃음을 지었다.

그 말처럼 잉글랜드 선수들은 같은 소속 팀들끼리 움직이는 기색이 강했다. 밥을 먹을 때도, 이야기를 나눌 때도.

원지석은 그런 행동을 금지시켰다.

처음엔 불편한 분위기에 소화제를 먹는 녀석마저 있었지만, 이제는 어느 정도 웃음소리가 들릴 정도였다. 그중에는 꽤 친해진 녀석마저 생겼을 정도로.

「[BBC] 여유롭게 승리한 잉글랜드!」

「[스카이스포츠] 생각보다 잘 어울리는 제프와 이안」

순조롭다. 3월의 A매치 일정은 그런 소리가 나올 만했다. 잉글랜드의 투톱인 제프와 이안은 좋은 호흡을 보여주며 승리를 이끌었고, 특히 제프는 지난 A매치에서 매우 부진했던 모습을 만회하듯 골을 넣었다.

다만.

이럴 때일수록 준비한 게 물거품이 되지 않도록 조심해야 할 때였다.

'부상이라거나.'

어느덧 3월 A매치의 마지막 경기였다. 경기는 이안의 멀티골로 잉글랜드가 앞서 나가는 중이었고.

원지석은 손목에 걸린 시계를 확인했다.

경기 종료까지 얼마 남지 않은 상황.

이대로 끝나기만 하면 된다.

　—지금 공격진의 퍼포먼스가 주목을 받지만, 저는 수비진을 칭찬하고 싶네요. 오늘 그들은 상대 팀의 공격을 완벽히 틀어막고 있습니다.

주전으로 자리 잡은 포백 역시 시간이 지날수록 좋은 호흡을 보여주었다. 존 모건이 중심을 잡은 뒷문은 쉽사리 기회를 내주지 않았다.

'이 정도면 크게 개선할 필요는 없겠어.'

원지석이 만족스럽게 고개를 끄덕일 때였다.

변수는.

갑작스레 찾아왔다.

"아악!"

찢어질 듯한 비명이 길게 울렸다. 잉글랜드의 왼쪽 풀백이 쓰러진 채로 고통에 찬 소리를 지르고 있었다.

그걸 본 모두의 얼굴이 창백해졌다. 누군가는 고개를 돌리며 헛구역질을 할 정도였다.

그가 부여잡은 다리는.

완전히 부러져 기이한 각도로 덜렁거리는 중이었으니까.

"시발."

아랫입술을 깨문 원지석을 지나치며, 들것을 든 팀닥터들이 경기장을 향해 들어갔다.

＊　　　　＊　　　　＊

"아아아악!"

듣는 이의 모골이 송연해질 절규였다. 다리가 부러진 선수는 들것에 실리면서도 비명을 질렀다.

본능적으로 느낀 것이다.

인생 최악의 순간이 찾아왔다는 것을.

곧 산소호흡기가 입에 씌워지며 소리는 잠잠해졌고, 그를 태운 응급차는 서둘러 그라운드를 빠져나갔다.

"아……."

누가 낸 소리였을까.

고개를 젓는 선수들, 입을 가린 관중, 혹은 어두워진 안색의 원지석이 낸 소리일지도 몰랐다. 그 정도로 웸블리에 던져진 충격은 쉬이 가시지 않았다.

─다, 다시 상황을 되돌려 보겠습니다.

─여기서부터군요.

중계진들은 방금 있었던 일을 되감으며 무슨 일이 있었는지를 확인했다.

드리블을 막기 위해 잉글랜드의 왼쪽 풀백이 발을 뻗으며 태클을 했을 때였다.

공 자체는 깔끔하게 빼냈지만, 하필이면 발이 엉켰다. 그대로 다리를 누르듯 쓰러지고 만 것이다.

―으윽…….

리플레이를 보던 중계진마저 무심코 숨을 들이켰을 정도로 끔찍했다. 하지만 누구의 잘못이라 가릴 수도 없는 상황.
사고.
말 그대로 불운한 사고에 가까웠다.
잉글랜드의 왼쪽 풀백과 충돌한 선수 역시 큰 충격을 받은 듯 울먹거리며 동료들의 위로를 받고 있었다. 다리가 박살 날 때의 감촉이 아직도 떠나가질 않았다. 뼈가 부러졌을 때 들린 소리는 계속해서 귓가를 맴돌았다.

―옛날에, 아스날에서 뛰었던 에두아르도 선수의 부상이 생각나는군요.

에두아르도 다 실바라는 선수가 있었다.
당시 기대를 모았던 그는 버밍엄과의 경기에서 뼈가 피부를 뚫고 나올 정도의 부상을 당했고, 이후 큰 후유증으로 고생을 했다. 지금도 에두아르도라는 선수를 떠올리면 그 부상이 더 유명할 정도로 말이다.
그 에두아르도의 모습이 겹쳐 보일 만큼.

굉장히 심각한 부상이었다.

─웸블리가 충격에 빠졌습니다.

결국 경기는 어영부영 마무리를 지으며 끝났다.

원지석은 휘슬이 울리자마자 응급차에 함께 탔던 팀닥터에게 전화를 걸었다. 규칙적인 신호음이 오늘따라 거슬렸다.

'안타까운 일입니다.'

그건 경기가 끝나며 악수를 나누었던 상대 감독이 전한 위로였다.

한숨을 쉰 원지석이 벽에 등을 기댔다. 갈 길 없는 짜증이 머릿속을 쑤셨다. 품속에서 꺼낸 약 하나를 물과 함께 넘긴 그가 명상하듯 눈을 감았다.

누구의 탓도 아니다.

말 그대로 사고였을 뿐.

다만 굉장히 치명적인 사고였다.

가장 짜증 나는 점은, 이 상황이 그의 손을 벗어난 영역이라는 거다. 지금 원지석이 할 수 있는 거라곤 얌전히 결과를 기다리는 것뿐이었다.

─여보세요? 감독님?

마침내 들려온 목소리에 원지석이 눈을 떴다. 팀닥터의 목소리가 이렇게 반가울 때가 있었을까.

"네, 어떻게 됐어요?"

—지금 막 수술에 들어갔습니다. 언제 끝날지는 모르겠네요.

어디가 어떤지, 무슨 수술을 하는지에 대해 들은 그는 이윽고 고개를 끄덕이며 답했다.

"알겠어요. 곧 가겠습니다."

예상했던 대로 희망적인 상황은 아니었다. 그럼에도 당장 달려갈 수는 없었는데, 심리적으로 큰 충격을 받은 선수들이 패닉에 빠지지 않도록 해야 하기 때문이다.

"시발."

어쩌면 가장 진정해야 할 것은 그 자신일지도 몰랐다. 입가를 쓸어내린 원지석이 다시 라커 룸을 향해 걸었다.

흔들려서는 안 된다.

그는 선수들 앞에선 가장 완벽한 감독이어야만 했다.

* * *

「[BBC] 승리에도 핵심 선수를 잃다!」

「[스카이스포츠] 끔찍한 부상으로 인해 비상이 걸린 잉글랜드!」

기자회견을 하는 원지석의 모습은 유난히 피로해 보였다. 병원에서는 수술이 무사히 끝났다는 소식을 보냈다. 천만다행이었다.

「[오피셜] 부상에 대해 컨펌하는 레스터 시티」

10개월.

확실한 시즌아웃.

의료 기술이 발달한 지금에야 10개월이지, 만약 예전이었으면 최소 1년이 넘는 재활이 걸렸을 터였다.

가장 심각한 문제는 부상 뒤에 찾아올 후유증이었다.

아무리 의료 기술이 발달하더라도 흉터는 남게 마련.

특히 커리어에 긴 공백이 생긴다는 점과 경기감각이 떨어진다는 건 선수로서 치명적이었다.

이번 일로 타격을 입은 건 구단 역시 마찬가지였다. 그들은 당장 주전 풀백을 잃었고, 이 공백을 어떻게 메꿔야 할지에 대해 머리가 아플 지경이었으니까.

「[미러] 잉글랜드 FA, 보상금 지불」

「[데일리 스타] 의미 없는 보상금에 불만을 터뜨리는 레스터 시티!」

국가대표로 차출된 선수가 부상을 당한다면 소속 팀은 보상금을 받게 된다. 다만 이 금액에는 한계가 있는데, 여러모로 부족한 액수였기에 불만이 나올 수밖에 없었다.

이번 일 역시 마찬가지다.

레스터 시티의 새로운 회장은 꽤 과격한 사람이었고, 그는 인터뷰를 통해 거침없이 불만을 토했다.

―우리는 핵심 선수를 잃었어요. 그것도 1년 가까이! 하지만 FA가 준 거라곤 두 달 주급도 되지 못할 액수더군요. 선수들은 기계가 아니에요. FIFA나 UEFA에선 새로운 국제 대회를 창설한 다는 소리나 지껄이는데, 웃기는 소리죠.

실컷 불만을 터뜨린 그는 만족스러운 얼굴로 이런 상황이 개선되길 원한다며 인터뷰를 마무리 지었다.

안 그래도 월드컵과 대륙별 대회를 제외한 나머지 잡다한 대회들을 폐지하자는 주장이 나오는 만큼, 이번 사건은 그러한 말에 힘을 실어줄 것으로 보였다.

"후우."

전화를 끊은 원지석이 피곤한 한숨을 쉬었다.

방금까지 그 선수와 이야기를 나눴는데, 요 몇 년 동안 가장 힘들었던 통화였다.

녀석은 울고 있었다. 부상에서 회복하더라도 지금같이 뛸 수 있을지에 대한 의문, 두려움이 그대로 느껴질 정도로.

힘내라는 말.

그게 이렇게까지 어려운 말이었을 줄이야.

베테랑 감독인 원지석으로서도 이런 경우는 언제나 힘들었다. 선의로 건넨 위로가 때로는 잔혹한 비수로 변할 수 있기 때문이다. 섣부른 말은 하지 않느니만 못했다.

'냉정해지자.'

식어버린 차로 목을 축인 원지석이 안경을 고쳐 썼다.

확실한 것만 따져보자.

우선 부상.

기적이 일어나지 않는다면 다음 시즌까지 그 여파가 남을 부상이었다. 즉, 이번에 있을 유로에는 함께하지 못한다는 뜻.

새로운 풀백이 필요하다.

원지석은 책장 구석에 꽂혔던 종이 뭉치를 꺼냈다. 스카우트 팀에서 모은 정보를 원지석, 케빈, 스벤이 정리한 자료였다.

팔랑.

첫 장을 넘긴 그가 냉정한 눈으로 내용을 확인했다.

지금 이걸 뒤적거린다고 새로운 선수가 번쩍 나타날 리는 없다. 그동안 백업으로 미뤄두거나 점찍었던 선수들을 다시 확인하는 거였지.

'솔직히 말해 수준 미달이야.'

목록을 쭉 훑어본 원지석은 단호하게 결론을 내렸다.

부상으로 낙마한 녀석을 제외하고서, 잉글랜드 국적의 왼쪽 풀백들은 수준 이하에 가까웠다. 프리미어리그에서 높은 평가를 받는 풀백들은 모두 외국인 용병들이었으니까.

말 그대로 백업 수준.

그 이상도 이하도 아니다.

'하지만 방법이 없는 건 아니지.'

원지석은 풀백 자료들을 치우고 다른 종이 뭉치를 꺼냈다. 모두 다른 포지션의 선수들이었다.

5월까지 어떤 왼쪽 풀백이 갑자기 터져주지 않는다면, 시도할 방법은 세 가지가 있다.

하나.

센터백을 왼쪽 풀백으로 돌리는 것.

가장 무난한 방법이었다. 확실히 수비적인 강점을 얻을 테지만, 대신 공격적인 전진성은 기대하지 않는 게 좋았다.

둘.

오른쪽 풀백을 왼쪽으로 옮기기.

역시 널리 쓰이는 보편적인 방법이다. 현재 잉글랜드의 오른쪽 풀백 뎁스가 괜찮은 편이라는 것도 한몫했고.

'세 번째는.'

셋.

윙어나 미드필더를 왼쪽 풀백으로 내리기.

다재다능함이나 공격적인 강점을 얻을 수 있는 선택이었다. 실제로 원지석은 지금까지 이런 변화를 즐겨 썼다. 덕분에 이 방식을 예상하는 언론들이 적지 않을 정도였다.

하지만.

전문 수비수들이 아닌 만큼 리스크가 크다.

'모두 도박이나 마찬가지야.'

세 방법 모두 실패할 가능성을 가지고 있다. 비유하자면 주사위였다.

성공하면 6이 나오고.

실패한다면 1이 나오는.

그렇다고 기존의 왼쪽 풀백들을 뽑는 건 1과 2밖에 없는 주사위를 굴리는 것과 같았다.

"머리 아프네."

끙 하고 앓는 소리를 낸 원지석이 입가를 쓸어내렸다.

짜증 났다. 클럽 감독이었다면 이러한 문제점을 바로바로 실험하겠지만, 국가대표팀에서는 그게 불가능하다.

현재 프리미어리그 팀들은 시즌 막바지를 향해, 혹은 챔피언스리그의 더 높은 곳을 위해 달리는 상황. 이런 때에 따로 몇몇 선수만 빼는 걸 구단으로서도, 그 클럽의 감독으로서도 허락하지 않을 거다.

"방법을 찾아야 해."

어찌 됐든 손 놓고 있을 수만은 없다.

원지석은 쉬지 않고 종이를 넘겼다.

*　　　*　　　*

「[BBC] 골머리를 앓는 원지석!」

「[스카이스포츠] 텅 비어버린 왼쪽 풀백, 해답은?」

시간이 지나며 사람들의 충격도 차츰 무뎌질 때쯤, 이제 사람들의 이목은 원지석에게로 향했다.

쉽지 않은 건 알지만.

그래도 그 원지석인데 무언가를 해주지 않을까 하는 기대감이 생긴 것이다. 그는 그럴 만한 감독이었다.

"케빈, 또 전화 오는데요?"

"끊어. 아니, 됐다."

수척한 얼굴로 비틀거리던 케빈이 전원을 껐다. 보나 마나 기자들이겠지. 아는 게 없다고 말해도 파리처럼 들러붙는 녀석들이었다.

스마트폰을 대충 던진 그가 다시 소파에 누웠다. 최근 쉬질 못해서 그런지 금방 고른 숨소리가 들렸다.

"이런 모습은 드문데."

"한창 바쁠 때니까. 그러고 보니 최근에는 에너지 드링크도 끊었지?"

"케빈이 건강관리라니……."

앤디와 킴은 쓰러진 케빈을 신기하다는 듯 바라보았다. 한때는 몸속에 피 대신 타우린이 흐를 거라던 양반이었는데.

"그래서."

빨대를 이로 잘근잘근 씹던 제임스가 눈을 돌렸다.

텅 빈 자리.

항상 그곳에 있어야 할 사람이 없었다.

"감독님은 언제 오려나."

최근 원지석은 어디를 그렇게 돌아다니는지, 그 모습을 보기 힘들었다.

"도망간 거 아냐?"

"말을 해도 꼭."

핀잔을 줬지만 킴 역시 궁금한 건 마찬가지였다. 지난 3월은 머리 아프도록 회의를 하더니, 4월, 요 한 달간은 여권을 들고 돌아다니기 바빴으니까.

"응?"

그때 SNS를 확인하던 앤디가 눈을 끔뻑 떴다. 혹여 잘못 봤나 눈을 비볐지만 그게 아니다.

그는 티격태격하는 둘을 보며 볼을 긁적였다.

"아무래도 런던에 도착하신 거 같은데?"

"뭐?"

"이거 좀 볼래?"

그건 SNS에 짤막하게 올려진 영상이었다.

영상 속 원지석은 한 손에는 캐리어를, 다른 한 손에는 여권을 들고선 피곤하단 얼굴로 공항을 나오고 있었다.

ㅡ감독님, 최근 어딜 그렇게 돌아다니세요?

이 영상을 올린 사람의 목소리일까. 그 질문에 원지석은 묘한 미소를 지으며 답했다.

ㅡ재미있는 걸 기대해도 좋을 겁니다.

쿵!

동시에 사무실의 문이 열렸다. 호랑이도 제 말 하면 온다더니, 마침내 원지석이 돌아온 것이다.

"원? 어떻게 됐어?"

죽은 듯이 자고 있었던 케빈이 벌떡 일어나 물었다. 옆에 있던 대머리 코치 역시 조마조마한 얼굴로 원지석을 바라보았다.

그리고.

마침내.

"됐어요. 이야기 끝났습니다."

원지석의 대답에.

그들은 안도의 한숨을 내쉬었다.

「[BBC] 마침내 우승을 차지한 리버풀!」
「[스카이스포츠] 칼바람이 몰아치는 프리미어리그!」

마침내 5월이 되었다.

치열했던 프리미어리그의 승자는 리버풀이었다. 그들은 실로 오랜만에 맛본 우승컵에 열광하며 밤을 불태웠고, 아쉽게 2위를 차지한 첼시는 경질설에 휩싸이며 위태로운 프리시즌을 예고했다.

어찌 되었든.

또 하나의 시즌이 마무리되었다.

그러나 아직 잉글랜드의 열기는 가라앉지 않았다. 오히려 전체적으로 분위기를 탔으면 탔지.

다름 아닌.

자국인 잉글랜드에서 열리는 유로가 얼마 남지 않았기 때문
이다.

「[오피셜] 잉글랜드, 유로를 위한 예비 명단 발표」

마지막 점검을 위한 명단이 발표되었다.
사람들은 호기심 어린 눈빛으로 그 명단을 확인했고, 이윽
고 한바탕 소란이 일었다.
누군가는 전혀 예상하지 못했던.
누군가는 혹시나 싶었던 이름.

「[BBC] 한 번 더 삼 사자 군단의 유니폼을 입는 거인!」
「[스카이스포츠] 거인이 돌아오다!」

라이언 반스.
국가대표팀에서 은퇴하며 미국으로 떠났던 거인이 돌아왔다.

＊　　　　＊　　　　＊

라이언의 복귀는 큰 반향을 일으켰다.
글래디에이터, 골리앗, 걸어 다니는 박격포 등.
전성기 시절엔 그 별명처럼 무지막지했던 왼쪽 풀백이, 다시
한번 원지석의 지도를 받게 된 것이다.

누군가는 이 재회를 보며 감회에 빠졌다.

흔히 원지석의 첼시 2기를 푸른 제국이라 표현한다.

그 이전.

첼시 1기 시절, 아니, 그보다 더 옛날인 유소년 팀을 이끌던 때부터 라이언은 함께였다. 이른바 원지석의 아이들이라 불렸던 전설적인 세대의 시작이었다.

비록 시작을 같이했던 앤디, 킴, 제임스는 이제 없지만.

라이언은 아직 축구화를 벗지 않았다.

처음부터 녀석의 이름이 거론된 건 아니었다. 구멍이 나버린 왼쪽 풀백에 대해 많은 논의가 있었고, 라이언에 대해서 처음 의견을 낸 사람은 케빈이었다.

'녀석의 몸 상태는 완벽해.'

'녀석이라면?'

'그리운 이름이지.'

그렇게 말하며 준비한 자료에는 미국에서 활약하는 라이언의 모습이 담겨 있었다. 치열한 몸싸움 끝에 공을 가져오는 그 모습은 야수에 가까웠다.

'리그 수준 차이를 감안해도, 지금 그 자리에서 녀석보다 좋은 퍼포먼스를 보여주는 잉글랜드인은 없어.'

케빈의 의견은 그럴듯했다. 미국으로 건너간 이후 MLS 최고의 풀백으로 자리 잡은 라이언이었으니까. 확실히 나쁜 방법은 아니었다.

그렇게 코치들 모두 고개를 끄덕이며 일사천리로 해결되는 듯싶었지만.

문제는.

전혀 다른 곳에 있었다.

"데려오느라 힘들었어요."

넥타이를 느슨하게 푼 원지석이 지친 얼굴로 중얼거렸다.

그래, 다름 아닌 당사자인 라이언이 거부의 뜻을 드러낸 것이다.

'라이언은 돌아가지 않는다!'

원지석으로선 충격에 가까운 대답이었다. 첼시 시절, 라이언은 어떤 지시를 내려도 거절한 적이 없는 충직한 선수였다. 또 치열함을 즐기는 녀석이었던 만큼 거절을 예상하지 못했다.

'왜?'

'…라이언은 이곳이 좋다.'

라이언은 미국 생활에 만족감을 표시했다.

하지만 함께 보낸 시간이 몇 년인가.

원지석은 본능적으로 그 속에 숨겨진 감정을 알아챘다.

'두렵니?'

'……'

두려움은 라이언과 가장 어울리지 않은 말이었다. 그럼에도 원지석은 눈앞의 거인에게서 그 감정을 느꼈다. 늙은 검투사는 자신의 추레한 모습을 감추고 싶어 한다는 걸.

지금도 미국에서 놀라운 활약을 보여주고 있다지만, 라이언은 젊지 않다. 그 역시 은퇴가 가까운 노장이었다.

그랬기에 잉글랜드를 떠났다.

더는 첼시에서, 삼 사자 군단에서 힘이 되지 못하리란 걸 알았기 때문이다.

라이언의 승부욕과 자존심은 엄청나다. 원지석의 제자 중에서도 비교할 만한 녀석은 벨미르뿐이었을 정도로. 복귀 제안을 거절한 데에는 그런 이유가 작용했을 터다.

최고의 모습으로 기억되길 원한 라이언은 그렇게 미국으로 떠났다.

"그런데도 용케 설득하셨네요."

담장을 넘듯 칸막이에 두 팔을 올린 앤디가 고개를 갸웃거렸다.

오랫동안 합을 맞춰온 동료이자 친구로서, 라이언의 고집은 너무나 잘 알고 있었다. 한 번 그렇게 선언했다면 자존심 때문에라도 자기 말을 지킬 녀석이었다.

"녀석의 거짓말은 티가 나니까."

안경을 고쳐 쓴 원지석이 당시를 회상했다.

만약 라이언의 뜻이 확고했다면 그는 그대로 런던에 돌아왔을 것이다.

하지만.

그렇게까지 슬픈 얼굴을 본 이상, 바로 돌아갈 수는 없지 않은가.

녀석이 복귀를 망설이는 가장 큰 이유는 이미 한 번 끝을 맺었다는 거였다. 은퇴. 그걸 번복하고 다시 돌아왔을 때 실망스러운 퍼포먼스를 보여준다면, 최악의 선택이 될 테니까.

"소속 팀과의 문제도 있었고."

대부분이 시즌 막바지로 접어드는 유럽과 다르게, 현재 미국 MLS는 한창 시즌 중반을 향해 달리는 중이었다.

특히 라이언의 소속 팀인 시카고 파이어는 팀의 핵심 풀백이 전력에서 이탈하는 걸 원치 않았다.

"차라리 우리를 데려가지."

"그러게요. 왜 비밀로 하셨어요?"

간만에 제임스와 킴의 의견이 맞아떨어졌다.

제임스야 재미있어 보이는 상황을 놓쳤다는 점에서, 킴은 옆에서 보고 배우지 못했다는 점이 못내 아쉬운 모양이었다.

그런 둘을 보며 쓴웃음을 지은 원지석이 말을 이었다.

"어찌 됐든, 그래서 기한을 뒀지."

약 한 달. 원지석이 생각한 시간이었다.

혹여 최악의 가능성을 배제하지 않은 그는 차선책을 준비하는 것도 잊지 않았다. 여권을 들고 바쁘게 움직인 것도 그때였다.

"만약 실패했으면 어쩌려고 그랬어요?"

"마음을 돌리지 못했다면 어쩔 수 없지만, 확신했거든."

결국 검투사가 있어야 할 곳은 콜로세움뿐이라는 걸.

시간적인 여유가 부족했음에도 원지석은 급하게 다가가지 않았다.

그저 조용히, 라이언이 생각할 시간을 주었다.

'결정했다.'

몇 번의 싱거운 경기가 끝난 뒤 라이언은 결연한 얼굴로 말했다. 거기에 더는 두려움이란 찾아볼 수 없었다.

'라이언은 잉글랜드로 간다.'

쾅!

사무실의 문이 거칠게 열렸다.

동시에 회상에서 깨어난 원지석이 고개를 돌렸다.

쿵쿵, 힘차게 들어온 녀석은 익숙한 얼굴이었다. 군인처럼 짧게 깎은 머리, 각진 턱, 석상같이 굳은 이목구비.

무엇보다 꽤 거대한 남자였다.

거인의 위압적인 눈빛이 그들을 훑었다.

"라이언이 돌아왔다!"

쩌렁쩌렁 울리는 그 외침에 원지석이 피식 웃으며 몸을 일으켰다. 비록 세월을 속일 수는 없어도, 라이언은 여전히 라이언이었다.

마지막 퍼즐이 맞춰졌다.

꽤 오래된.

낡은 퍼즐 조각이.

*　　　　*　　　　*

"여긴 오랜만이지?"

"흠!"

앤디의 말에 라이언이 강한 콧바람을 내쉬었다.

잉글랜드 국가대표팀의 훈련장. 거기서도 선수들이 옷을 갈아입는 라커 룸.

몇 년 전까지만 해도 그는 이곳에 있었다.

"네 자리야. 다행이라 해야 할지, 여긴 아무도 안 쓰더라고."

라이언은 자신의 이름과 등 번호가 보이도록 걸린 유니폼을 만졌다. 손끝에서 느껴지는 부드러운 감촉이 익숙하면서도 낯설었다. 마치 끊어졌던 시간이 다시 이어진 기분이었다.

"뭔가 묘한 기분이네."

"음?"

"아니, 우리는 국가대표를 함께 은퇴했잖아?"

머쓱한 미소와 함께 앤디가 볼을 긁적였다.

삼 사자 군단.

축구선수로서 모든 영광을 맛본 그였지만, 미련이 남는 그 울림.

월드컵을 마지막으로 원지석의 아이들이라 불렸던 네 명은 모두 국가대표에서 은퇴했지만, 설마 이렇게 재회할 줄은 상상하지 못했다. 심지어 한 명은 현역이기까지 하고.

"맡은 역할은 다르지만, 이렇게 다시 모였잖아."

은퇴 이후 무료함을 느끼던 앤디로서는 그게 몹시 즐거웠다. 원지석의 제안을 받아들여서 다행이라 생각될 정도로.

"미국 생활은 어땠어?"

"굉장히 좋았다!"

라이언이 크게 고개를 끄덕였다.

처음 시카고에 도착했을 때만 하더라도 그를 알아보는 사람은 적었다. MLS가 성장을 거듭했어도, 미국 스포츠계의 특성상 유럽의 축구 스타를 알아볼 정도는 아니었기 때문이다.

하지만 녀석은 미국에 자신을 각인시키는 데 성공했다. 특유의 마초적인 매력이 미국 정서에 그대로 먹힌 모양이었다.

오죽했으면 미식축구계에서 너무 늦게 발견했다며 아쉬움을 토로했을까.

"라이언은 준비됐다!"

트레이닝복으로 갈아입은 라이언이 소리쳤다.

오늘은 소집일이 아닌데도 녀석을 부른 이유는, 피지컬 측정을 위해서였다.

라커 룸을 나와 예정된 장소로 향하니 케빈과 대화를 나누는 원지석의 모습이 보였다. 스카우트 팀 역시 준비는 끝난 듯 싶었다.

"경기감각을 걱정할 필요는 없겠지."

"그렇죠 뭐."

케빈의 말에 원지석이 고개를 끄덕였다. 그 점에 대해선 다행이라고 생각했다. 한창 시즌을 소화 중인 선수를 데려오느라 구단과 입씨름을 벌여야 했지만 말이다.

"감독님!"

"왔구나."

옷을 갈아입은 라이언을 확인한 원지석이 스카우트 팀에게 신호를 보냈다. 그들은 마시던 음료를 마저 삼키고선 자리를 잡았다.

"예전에 한 거랑 큰 차이는 없을 거야. 그저 장비 몇 개가 바뀌었을 뿐이지."

"라이언에겐 익숙한 일이다!"

"좋아. 그럼 시작하죠."

피지컬 테스트가 시작되었다.

원지석은 이를 악물고 뛰는 라이언을 보며 예전 일을 떠올렸다.

당시 첼시의 신체 기록을 모두 갈아 치운 녀석은 괴물에 가까웠다. 비록 지금은 그 시절 같은 스프린트나 민첩성, 지구력은 없을지라도 당시에는 없었던 노련함이 있다.

"와오."

"저 나이에 엄청나군."

테스트가 계속될수록 스카우트 팀이 감탄을 터뜨렸다.

서른 중반에 이 정도라니, 그 전성기가 어땠을지 짐작이 갈 정도였다.

"어때요?"

"놀랍군요. 신체 능력만 따지면 현 국가대표 멤버 중에서도 최고 수준입니다. 그야말로 인간 병기예요."

스카우트 팀들은 흥분한 기색으로 소리쳤다. 물론 라이언의 전설적인 피지컬은 익히 들었지만, 이 정도면 역대 잉글랜드 기록에서 따져도 순위권일 정도였다.

참고로 역대 최고 기록들은 모두 라이언이 세운 것들이었다.

"선천적인 것도 있지만, 자기 관리 하나는 무서울 정도였으니까."

라이언 역시 그 시절로부터 변화가 없진 않았다.

예전에는 우락부락한 몸에 가까웠다면, 지금은 꽤나 슬림해져 있었으니까. 덕분에 근육이 칼로 깎아 만든 석고상 같았다.

'하여간 신나 가지고.'

기계 위에서 미친 듯이 달리는 라이언의 입가에는 미소가 걸려 있었다. 그게 곧 다가올 싸움을 기대하는 같아, 원지석은 쓴웃음과 함께 고개를 저었다.

*　　　　*　　　　*

「[BBC] 유로를 앞두고 뜨거워지는 잉글랜드」
「[스카이스포츠] 유명 축구 게임, 유로 에디션을 발표하다!」

프리미어리그가 끝나고, 자국에서 열리는 큰 대회에 잉글랜드의 분위기는 계속해서 달아오르고 있었다.

특히 대회의 스폰서인 EA는 시류를 놓치지 않으며 그 효과를 톡톡히 누렸다.

—미친 게임, 밸런스는 어디 갔냐?
—확률이 뭐 이래? 한 달 월급을 꼬라박았는데 아무것도 안 나왔다고!

뭐, 퍽 논란이 되었지만.

새롭게 추가된 유로 에디션은 말 그대로 유로 2036을 기념한 컨텐츠이며, 개최국에 맞춰 잉글랜드의 전설적인 선수들이 대거 추가되었다. 지금은 삼 사자 군단의 코치로서 일하는 제임스, 킴, 앤디 같은 선수들이 말이다.

—아무리 그래도 너무 사기잖아!
—추억 보정도 적당히 해야지, 해리 케인 같은 애들이 지금 있으면 몇 골이나 넣겠냐? 데니스보다 못하는 거 아님?
—어디 그런 새끼를 갖다 붙이냐······.

―또 늙은이들 추억 팔이 시간이냐?

사소한 다툼은 결국 구세대와 현재를 비교하는 논란으로까지 번졌다. 그럼에도 이견이 갈리지 않는 게 있었는데, 바로 감독이었다.

―역시.
―감독은.
―원지석이지.

「[가디언] 어느 때보다 기대가 높아진 유로 2036!」
「[타임즈] 루니와 해리 케인, 원은 잉글랜드를 정상으로 올릴 수 있다」

원지석이 생각보다 빠르게 팀을 수습하자, 자연스레 국민들의 기대감은 커져만 갔다.

먼저 대표 팀에서 활약했던 잉글랜드의 전설적인 선배들도 높은 평가를 하며 후배들을 응원했다.

여전히 우려되는 부분이 있다면 선수단의 뎁스와 왼쪽 풀백일 것이다.

이제 삼 사자 군단의 베스트 11은 썩 괜찮다는 평가를 받지만, 유로는 짧은 기간 동안 강행군을 달려야 하는 대회다.

그만큼 벤치의 퀄리티도 중요할 수밖에 없다.

그나마 왼쪽 풀백에 대해선 라이언이 은퇴를 번복하며 숨을 돌리게 되었지만, 정작 마지막 점검을 위한 친선경기에선 교체로 잠깐 모습을 드러냈을 뿐이었다.

"왜 라이언을 선발로 세우지 않은 거예요?"

잉글랜드의 벤치.

킴이 옆에 앉은 원지석을 보며 물었다.

오늘 잉글랜드의 왼쪽 풀백은 다른 선수가 포지션을 바꾸며 선발로 나섰는데, 그로서는 이해가 되지 않는 결정이었다.

이제 막 합류한 라이언이 되도록 빨리 적응하려면, 이런 한두 번의 경기가 매우 소중할 테니까.

"믿으니까."

원지석의 대답은 매우 간단했다. 그건 자신감이기도 했다. 그보다 라이언을 잘 아는 사람은 없다는 자신감. 녀석을 어떻게 써먹을지에 대해선 논문마저 쓸 수 있을 터였다.

다만 킴은 머리를 긁적이며 한숨을 쉬었다.

"…아직은 잘 모르겠네요."

"뭘. 너나 앤디가 복귀했어도 똑같이 했을 거야."

그는 기특하단 얼굴로 킴의 어깨를 두드렸다.

새로운 걸 배우고, 의문을 느끼고, 해답을 내며 많은 걸 얻어야 한다.

거기서 얻어지는 경험은 소중한 자산이 될 거다.

"감독님, 저는요? 저는?"

"넌 빼고."

눈을 빛내며 물었던 제임스가 시무룩한 얼굴로 입을 삐죽였다. 그걸 무시한 원지석이 라이언을 보았다. 후반에 들어간 녀석은 측면을 질주하고 있었다. 입가에 걸린 즐겁다는 미소가, 어지간히 이곳이 그리웠던 모양이었다.

'라이언의 컨디션이 최고여서 다행이야.'

덕분에 이렇게 예비 플랜을 실험하지 않았는가. 손목에 걸린 시계를 확인한 그는 고개를 끄덕이며 입가를 쓸어내렸다.

좋다.

이 삼 사자 군단은, 그들이 준비할 수 있는 것 그 이상을 준비했다.

남은 건 가서 트로피를 가져오면 된다.

「[BBC] 원지석이 던진 출사표!」
「[스카이스포츠] 원지석, 준비는 끝났다」

그렇게.

유로가 개막되었다.

『스페셜 원: 가장 특별한 감독』 11권에 계속…

초대형 24시 만화방

신간 100%, 샤워실, 흡연실, 수면실(침대석), 커플석, 세탁기 완비

■ 광명 광명사거리역점 ■

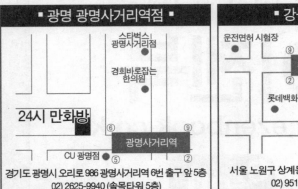

경기도 광명시 오리로 986 광명사거리역 6번 출구 앞 5층
02) 2625-9940 (솔목타워 5층)

■ 강북 노원역점 ■

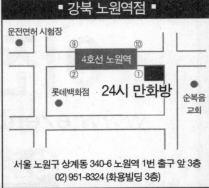

서울 노원구 상계동 340-6 노원역 1번 출구 앞 3층
02) 951-8324 (화용빌딩 3층)

■ 일산 정발산역점 ■

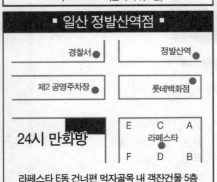

라페스타 E동 건너편 먹자골목 내 객잔건물 5층
031) 914-1957

■ 일산 화정역점 ■

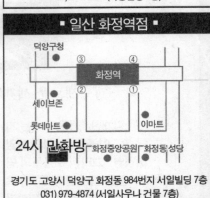

경기도 고양시 덕양구 화정동 984번지 서일빌딩 7층
031) 979-4874 (서일사우나 건물 7층)

■ 부천 역곡역점 ■

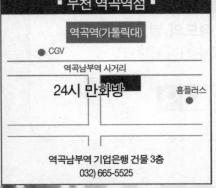

역곡남부역 기업은행 건물 3층
032) 665-5525

■ 부평역점 ■

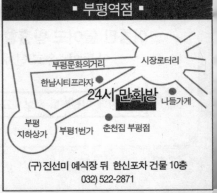

(구) 진선미 예식장 뒤 한신포차 건물 10층
032) 522-2871